尋回散步時光

——與金毛犬聰聰一起成長、漫步小城，直到老去！

潘拔 著

目次

我們所愛的城市

尋常猫狗一家親

夕陽無限好

尾聲

楔子——春天的小狗尋回了甚麼？

村上春樹在《挪威的森林》中，有這樣的一個比喻：

「妳在春天的原野裡一個人走著時，對面就有一隻毛像天鵝絨一樣，眼睛又圓又大的可愛小熊走過來。然後對妳說：『妳好！小姐，要不要跟我一起在地上打滾哪？』於是妳就跟小熊抱在一起，在苜蓿茂盛的山丘斜坡上打滾玩一整天。這樣不是很美好嗎？」

如果快樂就像「春天的小熊在草地上翻滾」，那麼，對本書的主角金毛尋回犬聰聰來說，牠一生中最快樂的地方，也許就是山上那秘密花園。

家附近的山頭有個配水庫，上方鋪了一片疏於修剪的草地，簡陋地搭建了兩個足球龍門，除了周末常有日本少棒隊伍來此練習，平日人跡稀落。香港的公園素以嚴禁動物進入馳名，而偏偏一隻年輕力壯的金毛尋回犬極需跑動。午後四、五點，趁日光收斂時，我便帶聰聰不動聲色地溜進這裡。

一解開狗繩，聰聰便瘋狂地飛奔，然後四腳朝天，拚命翻滾了十數回，把新鮮的泥土氣味盡情沾滿身體。貪吃的牠，繼而像牛一樣拚命吃草（根據資料，狗吃草可能出於清理腸胃

的本能，問題不大，當然應適可而止，而且主人要注意草叢是否有農藥等，並爲愛犬做好防虱）。

我拍拍牠，吸引其注意後，把飛碟大力拋擲出去。這裡面積寬廣——相反在那些地方狹窄的海濱寵物公園，也許稍一用力，便已把玩具丟進大海了，於是，聽聽立即拔足狂奔，追逐獵物，發揮其黃金獵犬之本性。不過，牠卻學藝未精，別的金毛尋回犬都擅於把飛碟尋回，並交還主人，然而聽聽則只懂尋回，不懂交還，不是咬著不放，便是未跑回我身邊已把「獵物」丟掉，總之教人啼笑皆非。

有一次，球場上有對小兄妹，他們見我跟聽聽玩拋擲遊戲，感到很好奇。淘氣的妹妹大約六、七歲，她看得手舞足蹈，不知就裡的她高聲稱讚聽聽「訓練有素」，我見狀便把飛碟遞給他們，哥哥約八、九歲，一手接住便使勁拋出。聽聽看見了，立即卯足全力疾走，而一如所料，牠「尋回」飛碟後，就只顧忘形在地上翻滾，未有將之交還。

小哥哥大呼無癮，掩面作「冇眼睇」之狀，連忙揶揄聽聽其實「訓練冇素」，孩子年紀小小，語文天分倒也不俗，懂得活用成語。而在旁把這一幕拍下影片的我，也被這三個活寶貝逗樂了。這段短片，一直高踞我心目中「金毛尋回犬聽聽笑笑小電影」之榜首。

話說「尋回犬」此品種，乃十九世紀時蘇格蘭人由於狩獵需要而培育的，其咬合力度特別溫柔，甚至有說能口含雞蛋而不破，故能協助獵人尋回被擊斃之獵物而不加損毀。我首次聽聞有此犬種，是在二〇〇二年，即領養聰聰前七年。當年歌手梁詠琪推出了一首名為《傷心尋回犬》的歌曲，其歌詞靈感，大概在於「尋回」二字之語帶雙關：「你若留下尋回心愛，我亦平靜尋回忍耐」；但當時最吸引我的，反而是歌中對狗兒的可愛描寫：「長毛小手，又再伸出想握我手」、「像習慣每天躺下來讓我檢查」，自此，我便對此犬種產生好感。當時並未料到，數年以後，一雙長毛小手竟就此讓我握緊，度過了珍貴的十一年。

聰聰的「尋回」工夫，雖然差強人意，但這十一年來，我並非一無所得。每次望著牠，吃喝、打滾、擺尾巴、伸舌頭傻笑、在路上蹦蹦跳，牠的快樂全是那麼單純、那麼直接。我彷彿重遇兒時的自己，拾回自己在橫衝直撞地長大成人的塵俗路上，逐一丟失的彩色彈珠。

有人說，對一隻有家的狗而言，主人就是牠的所有。不錯，牠無條件地與我分享一切快樂；甚至，讓我獨佔了牠生命的全部，世上還有比這更慷慨的事嗎？

此刻，彷彿又看見牠正從草地的另一端興奮兮兮地跑回來了，嘴巴裡依然空空如也，大概又把飛碟遺落在遠處，還是要我白費腳力去拾回。然而，只要細心想想，原來牠已經把更重要的東西給我帶來了。

去領養一隻狗吧，牠未必擅於尋回物件，但牠會把遺忘已久的快樂給你尋回。

尋回散步時光——與金毛犬聰聰一起成長、漫步小城、直到老去！

生命從這刻改寫

// 金毛尋回犬聰聰曾被無情遺棄，又曾頑劣得被「趕出校」。但漸漸地，牠變得愈來愈懂事，愈來愈善解人意，雖然偶爾調皮，但還是家人眼中的寶貝，也成為了許多人和狗的好朋友。//

一・偶然收到的禮物

二〇二一年二月二十一日，凌晨一時，聰聰坐上太空船，飛向汪星去。

翌日早上，善終服務員帶走聰聰的遺體以後，我們的眼淚也哭乾了，呆滯地外出吃了個無言的午飯，然後茫然地返回空蕩蕩的家。幸而還有小竹、小桐——聰聰的兩隻貓妹妹，依然調皮地在喵喵叫，四壁才不至冷清闃寂。

從今以後，我們要習慣家裡沒有聰聰的日子了。

多懷念把小食放到聰聰嘴邊，饞嘴的牠急不及待一口咬下去的表情。今後連帶那黏答答沾在我們手上的口水，頃刻間都蒸發無聲。飯兜將會空置，頸圈亦已掛起。然而，聰聰遺下了無盡的愛。那是我們生命中所收到最厚重的禮物，我們將永遠在內心空出一隅，緊緊珍藏。

於是，我打開電腦，鍵入標題，思緒慢慢飄回十一年前那個尋常的夏夜……

＊＊＊

晚上，剛逛完書展，布袋內有數本新購的書，還有剛在超市買的一大盒家庭裝雪糕，正打算急步回家享用。手錶快指向十時，街上的店舖漸次熄燈，筲箕灣道不復喧囂。微黃街燈掩映下，一輛電車正徐徐地駛回車廠，暖風中迴盪著它歸家的叮叮聲。

而整條街上最明亮的，就只有那街角的寵物店——

大概是某種「吸引力法則」（又稱「緣分」）作祟，這家我平日不太留意的店舖，突然有種力量，叫我慢下腳步來。

走進店內，左面是一格格的玻璃櫃，不同品種的小狗慵懶地躺著。我彎下身，逐隻看看，在電光火石間，最底一格陡然冒出一抹淘氣的影子，牠還緊張兮兮地撲上前，舉起小腳板敲打著玻璃門——是一隻身形較小的金毛尋回犬，臉蛋尖尖，眼珠烏溜溜，乍看以為是不足一歲的幼犬。牠伸出舌頭，呈現出笑臉，卻又有點焦急，腳尖一直踮起，一臉雀躍地彷彿說著：

「你好嗎？偶們＊來做朋友好嗎？想帶偶回家嗎？……」（＊「我們」的諧稱）

我一向喜歡狗，但都只限於遠觀，例如在寵物公園逗弄人家的狗狗，卻一直未有養狗的念頭，也許是時機未到吧。而此刻，眼前那金毛犬貼著玻璃在「噓—噓—」地喘著氣，霧氣掩蓋下的笑臉愈張愈大。那不住擺動的尾巴，彷彿是一根催眠棒——很明顯地，當時的我將之理解為「時機到了」的訊號。而後來，我每天牽著牠散步時才恍然大悟——原來牠對每個路人也是如此。友善，大概是一隻聰明而無家的狗的最強求生本領？不過，無論如何，當時我已經「受騙」了，於是吐出了那改寫人生的幾個字：

「老闆，這狗狗是多少錢呢？」

尋回散步時光——與金毛犬聰聰一起成長、漫步小城，直到老去！

當時我和很多人一樣尚未有「領養」的觀念。

「哦，牠是被丟棄在這兒的，你想要牠嗎？你可以這就帶牠回家喔！」

甚麼？我的心怦然跳動。

米蘭昆德拉的《生命中不能承受之輕》中，托馬斯於蘇軍入侵之際毅然決定長留捷克伴隨特蕾莎時，腦海響起了貝多芬最後一首四重奏的主題「非如此不可」（*es muss sein*）。此際，我腦裡竟也盤旋著這音樂——今晚，我神推鬼使地走進了這家店，碰巧這隻小狗這麼親近我，碰巧牠又這麼可憐被人遺棄，莫非這眞是命運的安排？莫非時機眞的到了？

「請讓我考慮一會兒。」我跟老闆說。

然後，我走出店外，來回踱步，盤算的不外是責任、時間、經驗等等。

店舖的對面恰巧是一個小公園，不時有街坊遛狗經過，人狗都是一臉幸福的樣子。沉思間，剛才那金毛犬笑臉迎迎地撲上來的畫面，不斷閃現。

「非如此不可？我本來只打算趕快回家吃雪糕、看新書，怎麼會多帶著一頭狗回家？」

我感覺到手提布袋中的雪糕正在融化。

又有何不可呢？——我命中注定的小狗。

我把心一橫，走回店裡，對老闆點頭說：「好，我這就要了牠吧！」

以上人狗初見的情節，也許每天在世間上演千百遍，有沒有過於浪漫化呢？但正如一切戀人也認爲自己的戀愛是「金風玉露一相逢，便勝卻人間無數」，且讓我賦予這個故事一個神話式的開端吧。

畢竟，十一年過後，我仍堅信，這是一生中最夢幻的相遇。

回到現實——到底養狗需要準備甚麼？我可沒有任何經驗啊！

「你眞是走運！這狗是有人帶來洗澡後卻沒領回的，牠應該已有兩、三歲吧。因爲有人養過牠，所以牠基本上已懂得大小二便，所以你現在就只需要一條頸帶，帶牠外出走一圈，讓牠『方便』過之後，就可以回家了！」

說完，店主給我遞上一樽水及一張報紙。

「牠有名字嗎？」

「牠名叫阿春。」

於是，我在店裡選購了一個醒目的紅色頸圈和一條最粗的狗繩，依老闆指示把頸圈套在阿春的脖子上——有了頸圈，阿春便成了有家的狗。

尋回散步時光——與金毛犬聰聰一起成長、漫步小城，直到老去！

向老闆道謝後，我便膽粗粗地拖著阿春，走出店鋪。踏在悄靜的後街上，路燈映照出一高一矮拉長了的兩個倒影——自此，我成了有狗的人。

在燈柱旁，阿春陡然蹲下，撒了一大泡黃黃的尿，撒了很久，臉上是大解放的神色。

阿春是男孩子，但牠並非像別的雄犬舉起腳撒尿，令我有點奇怪。我用老闆給的那樽水沖洗一下牠撒尿的位置；不久，阿春又再急停，蹲下，該是要拉屎了，我立即用老闆給的報紙，依其教導以九秒九的速度鋪墊在阿春的屁股下方，說時遲那時快，一大坨屎便安然降落在報紙上，分毫不差，非常順利。我一手拖狗，一手把報紙摺起，熱呼呼、沉甸甸的，這就是養狗責任的重量吧？很臭，但感覺很踏實。旁邊剛好有一個狗糞箱，但怎樣才可以不用手觸碰而打開箱蓋呢？我隔著報紙推開箱蓋，趁它合上的一秒，把屎團快速投進去。

養狗果然有不少學問，而我人生中這第一次遛狗任務，順利達成了。

此刻，阿春望望我，彷彿微笑對我說：「噢～很很很舒暢啊！晚風輕吹偶的身體也很舒服啊！巴拔*，偶們現在是否回家呢？」（*「爸爸」的諧稱）

看牠那逼不及待的樣子，於是我牽牠往家的方向走。阿春沿途不斷嗅聞，這條通往新家的路似乎有無盡的訊息和寶藏，有待牠去探索和發現。

橫過電車路，紅綠燈的答答聲和行人的話語聲交錯，牠昂首張望，踏著小碎步，似乎在喜孜孜地到處宣示：「大家好！偶是阿春，這位是偶的新巴拔。偶初來報到，請多多指教！」

到達我住的大廈前，雖則知道大廈沒有不准養狗的規矩，但仍有點緊張，幸好保安員見

這住客多了一隻狗也沒甚麼特別反應。

搭升降機，打開家門，點起燈——阿春似乎立即便知道，以後這就是牠的家了。

牠飛奔入屋，蹦蹦跳地轉了幾圈。我趕忙帶牠到浴室，沖洗腳板，用大毛巾抹乾，再解開狗繩。

阿春甩動一下身體，隨即滾在地板上，四腳朝天，發出忘形的怪叫⋯

「噢噢噢！這就是偶的新家了！」

我喚了喚阿春，牠立即撲過來，用濕答答的舌頭舔舔我的臉。養狗的「滋味」，確是與別不同，從今以後我多了一個身分——狗的主人。

張學友在電影《男人四十》中寫信告訴兒子：他人生第一次覺得自己重要，是在兒子出生後，望著皮膚皺巴巴的嬰孩，嘴巴嗚嗚的發出叫聲，世界頓時變得溫柔，人生也頓時變得重要。我未有兒子，但在刹那間明白了這種感覺——握著那烏黑而粗糙的肉球，以後我就是照料這孩子的人了。

這可是一生一世的承諾——每天打理牠起居飲食，帶牠散步，生病時好好給牠照顧，這些我都做得到嗎？如今也由不得自己憂慮那麼多了，因為眼前有更多事項要處理。嗅嗅牠的

尋回散步時光——與金毛犬聰聰一起成長、漫步小城，直到老去！

身體，略帶酸臭的，牠也隨即舉起腳拚命搔癢，而且看來牠有點瘦骨嶙峋。嗯，明天要帶牠去寵物美容店洗個澡，也要預約獸醫做檢查。而現在呢，要餵牠吃飯，然後在地上鋪張大毛巾，讓牠安睡。明天還要趕緊去買狗糧、狗床、飲水器、狗玩具……

把寵物店老闆剛才送的一小包狗糧倒進狗兜內，阿春便狼吞虎嚥地吃畢，然後又在地板翻滾怪叫一番，才終於靜靜地趴下。

看著這小毛孩，忽然心生一念：「阿春，這名字很土啊。不如改個新名吧……但牠本來已有名字，會否聽不懂新的呢……對了，起個發音差不多的，不就可以嗎？春……春……不如就叫聰聰吧！」

「聰聰，聰聰！」

牠果然聽得懂，本已安然準備入睡的牠，又彈起身來，不住擺尾，露出那招牌笑容，似乎很享受名字被呼喚——抑或，這不過是一隻聰明而無家的狗對任何高頻率叫喚聲的本能反應？

我輕撫牠的頭，表示讚許。從今天起，你就是金毛尋回犬聰聰，我就是金毛尋回犬聰聰的巴拔了。

再過一會，這小傢伙便倒頭大睡了。也許，對牠來說，這短短一、兩小時實在太刺激、太神奇吧，對我來說又何嘗不是？
我關上燈，凝視這打著鼻鼾的小毛孩，心想：明天，以及其後的每一天，還有更精彩的奇遇呢！
這天是二〇〇九年七月二十七日。

「偶的第一張照片！」

二・身世之謎

「醫生，早前我帶聰聰去洗澡，但寵物美容店的姐姐說牠皮膚有點問題，牠在家也常常使勁抓癢，爲甚麼呢？」

「牠有皮膚病啊，你嗅嗅牠的身體有異味啊，還有一些黑色皮屑。不過問題不大，你用這藥性梘液幫牠洗一、兩次澡便可以了。」

「醫生，聰聰身形比其他金毛尋回犬小，而且腿又超短的，只比邊界牧羊犬略大一點，是不是屬於『細種金毛』呢？牠多少歲？」

「哪有甚麼『細種』？牠身上沒有晶片，但根據牙齒和腳掌大小，應該也有三歲了。至於體型這麼小，可能是因爲牠曾被長期困在籠裡……」

聽到這裡，我發現聰聰身世應該比想像中可憐……

「醫生，聰聰這麼瘦，爲甚麼呢？還有，爲何牠不像其他男孩子一樣舉起腳小便，而是像女孩般蹲下？」

「這更能印證我剛才的說法了。因爲長期被困在籠裡，欠缺伸展空間，自然習慣了要蹲下小便了。至於瘦，當然是因為營養不良⋯⋯」

有關「聰聰身世之謎」，一直蒙上一層迷霧。寵物店老闆說是「有人帶牠去洗澡之後便沒有領走⋯⋯」這說法有點可疑——如果是有人養的，為甚麼牠身上沒有晶片？為甚麼牠之前會被困在籠裡？為甚麼照顧這樣不善，令牠骨瘦如柴且患有皮膚病？（當然混帳的「主人」在香港多的是。）

但有嫌疑的人，應該又不是老闆，畢竟他真的免費把聰聰送了給我，並非藉賣聰聰圖利。

此外，聰聰又確有「曾被飼養」的表徵，例如懂得外出大小便，即使很急也忍到走出大廈才「傾瀉而出」。再者，牠也懂得最基本的指令，如 Sit 和 Hand。對我這養狗新手來說，遇上聰聰，實在是上天的恩賜。我基本上一天之內便已掌握了照顧牠的基本技巧，避開了養幼犬的所有難關和煩惱，包括廁所訓練、教導指令，以及常見的「拆屋」噩夢——破壞家居、亂咬物件。因此，領養確是一個好主意，尤其是成犬。

我把想法告訴獸醫，他說有很多可能性，例如聰聰的確曾被飼養家中一段時間，但後來被遺棄在一處環境欠佳之地，再輾轉去到寵物店。他更提及了「繁殖場」三字。回頭一想，確有些跡象——養了幾天，已發現聰聰實在「好色」，老是情不自禁的攬著人家大腿上下晃動；再「倒帶翻看」腦海的畫面——噢，對了，那晚當聰聰撲向我之前，印象中在寵物店裡的玻璃箱中還有另一隻金毛，而牠正被這好色的傢伙撲著⋯⋯當然，這些都不是充分的證據

尋回散步時光——與金毛犬聰聰一起成長、漫步小城，直到老去！

（聽聽高呼：巴拔冤枉啊～）；何況牠的來歷如何也不再重要了。

重要的是——聽聽已經有了新的家。

「醫生，接下來有甚麼要做呢？此外，我這幾天遛狗，發現聽聽有個小問題——牠雖不多吠叫，在街上也不會主動撩其他犬，但當街上的狗跟牠打招呼時，只要人家貼近一些，或騎在牠身上，牠便會很不爽，發狂的吠，更想咬牠們還擊，而且不像是玩耍，是眞的想用牙咬那種。」

「接下來，最好當然是絕育，絕育不只對健康有好處，可減低常見疾病如睪丸癌的風險，也可改善剛才你提及的發情和攻擊性行爲問題。此外，我們協會還有行爲訓練課程，共四堂，下星期開始帶聽聽來上課吧。」

「偶有新家了！巴拔說沙發是屬於偶的！」

三・被踢出校

話說聰聰第一次上學，便被「踢出校」了。

行為訓練班對很多新手狗主來說，是必修的課程。班上大約十隻狗狗，教授的是「正向訓練」——當狗狗做了好事，便加以獎賞，誘導地建立良好的習慣；相反，當狗狗做錯了事，則要堅定地拿走獎賞，但絕不打罵、威嚇。

獎賞不限於零食，陪狗玩耍、輕撫頭部等也是，但零食無疑是訓練狗狗時最快速見效的工具。因此在班上，不難看見十多位「雞手鴨腳」的新任狗主，一邊拿著零食，一邊圍著狗兒團團轉，以超溫柔的語氣不停說：「Good boy！」、「Good girl！」的滑稽場面。

在訓練途中，聰聰一直很興奮，甚至是有點過度活躍，皆因貪吃的牠一見零食便歡喜若狂，各種指令也迅速完成了。

可是，自我領養聰聰後的第一個噩夢卻在此時發生了——聰聰咬傷了其他狗狗！

聰聰絕非是會主動攻擊同類的那種狗。可是，總有一、兩隻比牠更貪吃的狗狗，在得到自己主人的獎賞後，便「禮失求諸野」，到其他主人手中討食物。而事發經過，就是有一頭別家的狗狗把我手中的零食吃了一口，聰聰便立時神色陡變，大表抗議；初時口角，繼而動

尋回散步時光——與金毛犬聰聰一起成長、漫步小城，直到老去！

武。不過大家還請放心，聽聽只是輕輕咬了對方一口（但那狗狗確有些微流血），我也及時抓緊狗繩，把聽聽拉回來了。

訓練員見狀，大爲警戒，了解情況後，就請我先帶聽聽到教室外靜候。之後，訓練員就在走廊上單對單地教了我一些訓練技巧。

就這樣，聽聽像一個頑劣的「野孩子」，第一次上學便被「開除」了。而其後幾課，都是我自己一人到課室聽課。課程完結後，我還是獲頒發證書一張，訓練員這樣寫（原文是英文）：

「聽聽對人類來説，是一隻完美的小狗，只是不太適合與其他狗狗相處。可惜我們對牠的過去所知不多，難以確定牠不喜歡狗的原因。然而，慶幸有你做牠的新主人。只要妥善照顧，加以正向訓練，可望改善牠的行為。祝你好運！」

忘了告訴大家，我的職業是一位中學教師。教師寫成績表評語有一秘訣，就是把學生的壞事用正面的語句表達，例如「活躍好動」即是「頑皮搗蛋」，「思路敏捷、辭鋒鋭利」即是「愛挑戰老師的權威」（當年我自己的成績表常見此句，故深知老師的技倆）。如果要把上文的評語直白地譯出，簡單來説就是：

「有護食行為，對其他狗有攻擊性，必須嚴加約束，最好不要放繩。」

做教師多年，最頭痛的其中一件事，便是家長護短：「這無關我兒子的事，都是別人惹的禍，你怎麼只責備我兒子？你這是針對我兒子嗎？」曾經認為此等家長橫蠻無理，但在聰聰咬狗事件發生之後，我驀地明白了父母們的心事——我險些衝口而出，複述了以上的對白。

同時，也憶起我小學時第一次打架被罰見家長，老爸從訓導主任室走出來那失望的表情，我至今才眞正領略他失望的原因——所謂「養兒方知父母憂」，如今我成了「巴拔」，才明瞭「兒子」行為有所偏差時，爸媽是何其束手無策。

初領養聰聰時，我曾像天下父母一樣，幻想這兒子將來對社會必有一番「貢獻」，例如成為「狗醫生」。可是，如今知道聰聰不可能考核合格，因為義工場合必有其他狗狗，夢想注定要泡湯了。

也跟世上許多家長一樣，當接受了兒女資質平庸的事實，唯有一笑置之，但求小朋友快樂成長。自此以後，我除了對放繩一事比較謹愼外，則如常鼓勵聰聰跟其他狗狗打招呼，互相聞聞屁屁和鼻子，但會事先提醒對方我的狗狗「有少少脾氣」，但求聰聰漸漸適應與狗相處。對路人來說，樣子英俊而稚氣的聰聰絕對引人憐愛，怎會料到這是一頭「惡犬」呢。

漸漸地，聰聰與狗狗們相處的表現有所改善，只是由於牠自小缺乏與其他狗狗嬉戲的經驗，所以一旦有其他狗狗作勢欲按牠的頭，又或有意騎上牠身上，牠便立卽脾氣大作，發出吼吼的嗚吠，把人家的遊戲當成撩鬥。這時候，我惟有立卽把牠們分開，別無他法。

拿回散步時光——與金毛犬聰聰一起成長、漫步小城，直到老去！

有人說：「狗狗是不會令人失望的，只要人類願意給予耐性。」

金毛尋回犬聰聰曾被無情遺棄，又曾頑劣得被「趕出校」。但漸漸地，牠變得愈來愈懂事，愈來愈善解人意，雖然偶爾調皮，但還是家人眼中的寶貝，也成爲了許多人和狗的好朋友。

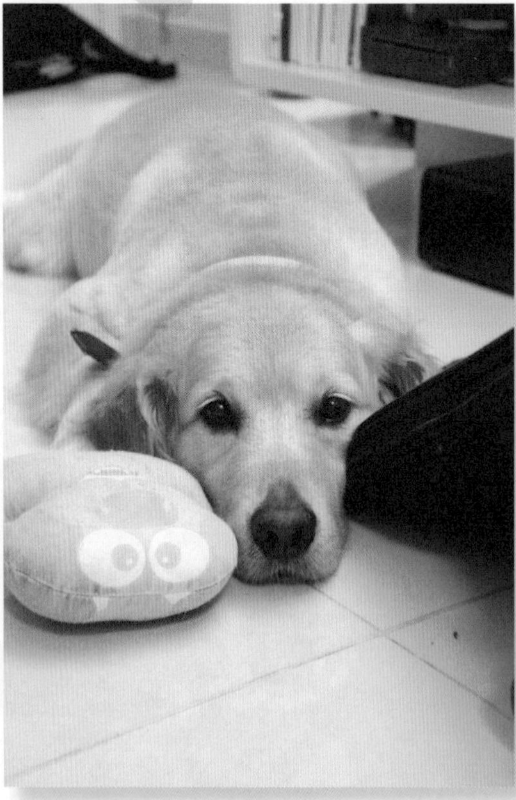

心事有誰知？

四・遛狗初體驗

遛狗時段是狗狗每天的頭等大事，也是新手主人的「考牌時刻」。最初幾個星期，發生了兩件驚險事。

聰聰身形短小，而且起初瘦骨嶙峋，只重約二十公斤，這大概是因爲過往久被困在玻璃箱中，一旦「重見天日」，牠便如猛虎出柙，可謂勢不可擋。雖說我早有準備，選用了最粗的狗繩，但這隻三歲小伙子不顧一切向前直衝的決心，實在不可小覷。書本上總是提醒主人要制止狗狗搶繩，必須把狗狗保持在旁邊，配合自己的步伐，但所謂「知易行難」，加上廣東話有說「唔怕生壞命，最怕改壞名」——「聰聰」者，卽是「無定向間歇性來也匆匆去也亂衝」也！），缺乏經驗的我可是拉也拉不住，不足一個月便腰痛得要看物理治療了。

但更令人懊惱的是，聰聰似乎經常處於飢餓狀態，也許牠以前眞的餓得太久？更何況金毛這品種本身就是「爲食之霸」。散步時，牠不只一狗當先，鼻子搜索功能更長期開動，不會放過地上任何疑似是食物的東西。有一次，甫步出大廈門口，牠卽如脫韁野馬奔至電燈柱下，我則像騎術不精的西部牛仔被拋上半空，迅雷不及掩耳之際，驚見牠銜著一隻死白鴿，且面露得意之色！我火速猛拉狗繩，讓聰聰張大嘴巴以甩開其口中之物。幸好聰聰尚算乖巧，立即放口，要不然成爲「全港首隻交叉感染禽流感的狗」而見報，便貽笑大方了！自此以後，我對聽聽此一惡習尤其注意，尚算相安無事，直至惡名昭彰的「芒果事件」發生，這事以後再談（相關故事請閱讀 p.102）。

另一件事發生於九月一日開學日，那天起我開始了六點鐘晨光乍現即起床遛狗的生涯。上山的路上，漸見睡眼惺忪的莘莘學子們在小巴站排隊。我牽著聽聽，心裡暗暗說：「聽仔，要走快點了，要不然巴拔開學就要遲到了。」突然，聽聽騰空一躍，不知把甚麼從半空叼了回來，轉頭一看，一位身穿純白校裙的女生嚇得花容失色——原來聽聽叼著的正是她的錢包，也許是當這位女同學把錢包掏出來準備上車付款之際，貪吃的聽聽以爲那是給牠的點心吧?!這麼失禮的行爲，幸好以後再沒有發生。

遛狗沿途，聽聽也認識了生平第一位動物朋友，樓下藥材舖的太子爺——阿友。

阿友是一頭橘色貓咪，也許聽聽這位新鄰居動作實在過於莽撞，很快便驚動了午睡中的貓店長，每逢聽聽經過，阿友例必從玻璃櫃檯上跳下來，守著店門對著聽聽「喵喵」大叫，像是警告這隻「大舊衰」別闖進店內搗蛋。聽聽初逢貓咪，豈料遭到訓斥，落荒而逃，狀甚狼狽，幸好未有因此而對貓咪留下不良印象。

後來，阿友似乎也習慣了這頭大汪汪每天路過，發出的喵聲也漸漸友善了。其實，我們從未向醫師問清楚貓貓的名字是「阿有」還是「阿友」，但既是聽聽的初識，以「友」字爲記倒也貼切。

初養狗，每天以狗繩牽引，內心其實有點戚戚然，為未能讓狗隨心所欲奔走而歉疚。而根據聰聰「往績」，放繩似乎並非好主意。因此我只好盡量早一點起床，希望可以延長遛狗的時間；牽繩的手則不時輕輕放鬆，務求令聰聰像是隨自己方向而行。

當時我住的大廈，後面便是筲箕灣耀東邨山頭，耀興道算是遛狗的好地方，沿路樹木扶疏，略有郊野山行之感。然而，上班前時間不多，可走路程有限，心裡總是暗暗自責：「抱歉啊，聰聰，巴拔每早只能帶你探索這麼短的路程，讓你的世界變得這麼狹小。」每次要回程時，竟有世界已抵盡頭之慨嘆，有萬分的不滿足。

在學校，也會牽掛狗狗⋯⋯不知聰聰在家怎麼樣呢？正在百無聊賴睡午覺，抑或悶得發慌在咬公仔？有沒有搗蛋呢？有時心血來潮，會趁午飯時間溜回家中，在樓下買粢飯、豆漿便算一餐。

一打開家門，有時聰聰還在熟睡，一見我回家便嚇得彈起（可見牠並無成為看門犬的潛質）；但多數時候，牠也許是聽見升降機開門聲音便知是我回來，已擺好架勢搖尾迎接，待我一入屋便抱著我腿不放，好不熱情。

我一坐上梳化吃粢飯，牠又會跳上來——聰聰是獲准跳上梳化的，這樣才像是好兄弟嘛。

筲箕灣
耀興道

拿回散步時光——與金毛犬聰聰一起成長、漫步小城，直到老去！

有時牠坐在我身後，整個下巴托在我肩上，有時則俯伏在我的大腿上，總之就是討吃的樣子。此時我會搭著牠的「肩」，一起看看午間新聞。吃完午餐，不足半小時，又要離家了——當然離開前會放下小吃作買路錢。

雖說是如此匆忙而短暫的「相聚一刻」，但也實在是繁重工作中的一點安慰。

「偶有專用散步道了！最期待每天的散步呢。」

藥材舖掌櫃阿友：「笨狗想入侵本貓的地盤？已經被本貓擊退。」

對在城市生活的狗狗來說，與牠關係最密切的，可說是居住的社區。從三歲至十二歲，聰聰都住在筲箕灣。

鯉景灣距筲箕灣不遠，多家餐廳設有戶外座位，成為養狗人士勝地。我們第一次帶聰聰去的，是一家茶餐廳。

所謂「一見鍾情」，狗狗無論是認定了主人或喜歡的地方，便會從此死心塌地。自此，假如上街時不刻意控制狗繩方向，聰聰便會自自然然地向鯉景灣方向走，更懂得「自動波」地帶我過馬路，一馬當先衝向餐廳去。

我常開玩笑說，假如牠走失，往那家餐廳找牠便可，到時牠應該正在向廚師討吃——幸好聰聰很乖，從來未曾走失。而我那「未能讓狗兒隨心所欲行動」的罪疚感，也漸漸消失，因為證實了牠其實擁有自由意志。

聰明的讀者會問：「為何聰聰如此熱衷於去餐廳呢？」不錯，牠享用的只是由主人準備的小食盒裡的魚乾而已，不過在其觀念裡，「人類外出進膳」與「餵我吃很多點心」兩者已牢牢聯繫在一起，何況牠更一直窺伺著我們不知何時一不小心把大塊叉燒跌在枱下呢！

五・金毛樂園的朋友們

牽回散步時光——與金毛犬聰聰一起成長、漫步小城，直到老去！

西灣河
鯉景灣

不過最令聽聽流連忘返的，相信還是疼愛狗狗的侍應們，其中一位姐姐，總會手持一疊青瓜，逐片的餵聽聽；而聽聽一早已懂得 Sit、Hand 等指令，當然得心應手，有時更會滑稽地踮著腳尖站起，繞著姐姐打轉，逗得大家不亦樂乎，「聽聽乖！」、「聽聽好叻喎！」之聲此起彼落。我們旁觀人狗如此融洽之景象，桌上奶茶不用加糖也頓覺香甜。

所謂「動物友善餐廳」，不單是容許動物進入，更重要是大家願意把動物視為社群裡的一分子。筲箕灣不算非常「動物友善」的社區，區內並未設有寵物公園，然而本區的養狗居民也有不少，狗友們晚上會擠在愛秩序灣遊樂場外的一小片空地，交流養狗心得，也讓狗狗交際一下。那兒狗狗眾多，尤以金毛為大宗，有時亂作一團，蔚為奇觀。還未養狗時，我名之曰「金毛樂園」，養了狗後才深深體會動物空間之匱乏。

金毛樂園人強狗壯，而聽聽年少氣盛，最初我也不太敢帶牠闖入，深恐牠惹事生非，最初就只在外圍徘徊，不過因而又認識了「孖寶」。

平日路過，偶然會聽見附近一幢唐樓有狗吠叫，我們抬頭一看，始發現是住在一樓平台的一雙金毛尋回犬，自始馬麻＊（我的太太也在此出場了）就稱呼牠們為「孖寶」。一次，經過唐樓樓下，恰巧遇見兩隻金毛正隨主人下樓，便攀談起來，聽聽就是這樣與「孖寶」交了朋友。（＊「媽媽」的諧稱）

後來我們才知那家人原來養了五隻金毛，主人每次遛狗也要分幾次才完成，故此我們每

愛秩序灣遊樂場外空地
「金毛樂園」

「巴拔，快過馬路，偶要去開餐！」

「這是偶的老友 Oscar，是一位親切的大哥哥。」

金毛五兄弟的大佬：波波。

次碰見的，其實是不同的「孖寶組合」。「五寶」之中，大佬波波年紀最老，行動不便，因體型龐大，外出需坐手推車，只偶然落地走幾步，但牠仍神態自若，不減大哥風範。當時，見身形矮小的主人推著笨重的車子，只覺主人不辭勞苦，充滿愛心——直至後來聽聽同樣不良於行，亦需以「戰車」代步，才更體會波波主人的處境。

每晚在金毛樂園外過門而不入，但裡面的歡樂景象實在是巨大的誘惑。我們轉念一想，聽聽總沒可能終生作「獨家村」，不如硬著頭皮試試吧。漸漸地，本來孤僻的聽聽，開始交了些朋友，而一切都自邂逅「奧斯卡」開始。

奧斯卡（Oscar）是一隻身形高佻、面形修長、雙眼細細的金毛犬，典型的成熟穩重型男孩子。當我們最初帶聽聽走往金毛樂園方向時，內心戰戰兢兢，只佇立空地另一端，觀望樂園盛況。我還低聲提醒聽聽：「一會兒進去裡面，你不用緊張啊！」與此同時，遠處一隻高佻的金毛已赫然發現了聽聽，立卽笑臉迎迎地奔跑過來，彷彿在說：「喂，金毛仔，沒見過你，跟偶過去玩丫。」這就是奧斯卡。

奧斯卡溫文爾雅，跑至聽聽跟前緩緩停下，先用眼神示意，然後兩隻濕濕的鼻子輕輕觸碰——聽聽最受落這種溫文的打招呼方式，相反最受不住過度激烈的嬉戲打鬧。這樣，聽聽便交上了牠在金毛樂園的第一個朋友了。

奧斯卡隨卽帶領聽聽，深入樂園重地，認識更多朋友。

還記得當初聰聰在行為訓練班被「趕出校」時，我是如何懊惱嗎？代入家長的心境——兒子被認為是小霸王，生性孤僻，老是形單影隻，而如今牠竟結交到一位願意伸出友誼之手的朋友仔，那是何其令人安慰之事！一方面，我終於放心了；另一方面，也對這位新朋友仔滿懷感激。也許這正是我特別難忘奧斯卡的原因。聰聰終於可以獲得「正常社交生活」，融入社區的狗友群中，我把這一切均歸功於奧斯卡。

數年後，我們舉家遷往炮台山，偶爾晚上還是會帶聰聰回到筲箕灣散步，但碰見奧斯卡的機會漸少。一次在臉書問奧斯卡主人，得知奧斯卡開始行動不便，已較少到樂園活動了。

再數年後，聰聰往生，奧斯卡主人亦有留言慰問，並提及奧斯卡原來也因同樣的病，於不久前與世長辭。

如今，彩虹橋上應有更寬廣的一片金毛樂園吧；而聰聰與奧斯卡，大概也每天見面，碰碰鼻子吧。陶淵明有首詩說：「聞多素心人，樂與數晨夕」。他筆下的理想生活，是左鄰右里「過門更相呼，有酒斟酌之」，如閒暇時偶爾思念，便坐言起行登門造訪，「相思則披衣，言笑無厭時」。

彩虹橋上的狗狗鄰居們，生活大抵也是如此快樂吧。

尋回散步時光——與金毛犬聰聰一起成長、漫步小城，直到老去！

山與水的懷抱裡

// 香港本來就是一片福地，只要從港島北岸市區任何一點一直往南走，不出十五至三十分鐘，一定能進入綠色的異世界，聽見柳宗元在千年以前聞之賞心悅耳的淙淙水聲。香港人坐享大自然的恩賜，世上還有哪個城市本來這麼美好？ //

六・會當淩絕頂，一覽眾山小

雖然居於城市，但狗狗本來就屬於大自然。所以，我們常帶聽聽回到山水的懷抱。

聽聽小時候，爬山的狠勁可是驚人。還是五、六歲時，有一次聽聽跟我的學生們一起登上鳳凰山頂。我們一行人大多慢條斯理，但同學們當中有一位是跑山高手，自然耐不住我們的蟻速。他領著聽聽跑在前頭，還說：「要盡情跑，狗狗才過癮吧。」當他和聽聽早已抵達前方山嶺，而我們仍遙遙落後於山腰時，聽聽驚見「巴拔隊員」大為落後，便立即轉身跑回頭路，彷彿叫喊著：「巴拔，怎麼你走這麼慢？讓我來接你吧！」可以想像，這樣一去一回再一去，聽聽遠足之途程是我們的三倍。

就這樣，年青力壯的聽聽，在香港兩大高峰——大帽山和鳳凰山之巔，均曾拍下成功攻頂之照片作證。

＊＊＊

「香港真係好靚」，近兩、三年來，這句話對香港人來說，別有一番滋味。大抵出於人類天性吧，對行將消逝、美得如此脆弱之物，總是像神話中的奧菲斯，貪戀地想多看一眼。

香港兩大高峰
大帽山、鳳凰山

香港之美，在於蕞爾小島，卻地貌豐富，為青山綠水所環抱。

我教中文科，課文常有文言遊記，如柳宗元記述他於仕途失意之時，乘公餘閒隙遁入山

林：「從小丘西行百二十步，隔篁竹，聞水聲，如鳴珮環，心樂之。」我會這樣向同學解

釋：大家有時也偶有苦惱，如想逃離塵囂，不妨轉個身吧，山就在你的背後了。

香港本來是一片福地，我任教的學校位於港島區，同學尤其幸福，只要從港島北岸市區

任何一點一直往南走，不出十五至三十分鐘，一定能進入綠色的異世界，聽見柳宗元在千年

以前聞之賞心悅耳的淙淙水聲。香港人坐享大自然的恩賜，世上還有哪個城市本來這麼美好？

我們和聰聰的日常行山路線，正近在家的咫尺。我們從鰂魚涌柏架山道出發，緩緩上坡。

聰聰最喜歡山行，腳掌一踏上濕濕的山路，觸到那些樹上掉下的小果子，嗅到那夾雜青草與

泥土的氣味，便意識到自由自在之旅又開始了，腳步也變得跳脫輕盈。

走了十數分鐘，高樓大廈漸漸遁隱，取而代之是翠綠色山巒，沿途更有歷史遺蹟——前身

為太古糖廠高級職員宿舍的紅屋。多走一會，便來到燒烤場，此時必須緊緊牽住聰聰，因為

我們曾在此大意放了繩，結果聰聰一聞到燒烤香味，二話不說拔足狂奔進場內，害得我們狂

追一番；牠更偷了人家一隻雞翼，當場「狗」贓並獲，我們惟有連聲賠不是。

過了燒烤場，樹木更形茂密，已是深入山中了。再向上攀登一段，景觀豁然開朗，路旁

只有矮矮的黑白石階，視野全無遮擋，能俯視群山，更遙見港島北岸市貌。我往往喜歡與聰

尋回散步時光——與金毛犬聰聰一起成長、漫步小城，直到老去！

鰂魚涌
柏架山道

聽停在此處拍照，聽聽在山坡昂首挺立，英姿颯颯。我曾把其中一幀沖曬出來，充當書籤贈予同學，並寫上「會當凌絕頂，一覽眾山小」（杜甫《望嶽》）之類的勵志詩句，結果大受歡迎，該是拜聽聽俊臉所賜。

再往上走，便是山頂的大風坳。在涼亭稍事休息，便可循大潭水塘方向下山。路的兩旁樹木參天，恍如進入清涼隧道，不久便到達大潭水塘。主水塘的石建築十分宏偉，聽聽也常在此拍照，其中一幀牠站起來俯瞰塘景，神氣得很，活像正在視察水中游魚。水塘群由大小不一的數個塘組成，看來就像山中湖泊。如遇雨季儲水溢滿，固然壯觀；即使未滿，露出紅褐色邊緣，再襯以碧綠塘水，亦如畫板般鮮艷，媲美中國九寨溝和克羅地亞十六湖國家公園。

離開水塘不久，便是郊野公園出口，可於此踏上歸途。

＊＊＊

香港山路四通八達，這條路線尚有支路通往畢拉山、陽明山莊等地。而我們最喜歡的一條支路，是「金督馳馬徑」，我們諧稱曰「金毛馳貓徑」。

只要經過了燒烤場（即聽聽偷吃雞翼處），多走十數分鐘，右手邊便會見到金督馳馬徑的路牌，第一次見路牌之處乃通往數百級石階，故可待第二次見到路牌時才轉入。這是跑山人士常用路線，沿路平坦，且綠樹成蔭，好風如水。初段可遠眺太古坊一帶風景，走三、四十分鐘後有分岔口，如循「寶聯徑」方向，步下石階，便抵達寶馬山花園一帶，不遠處有

大潭水塘

金督馳馬徑

龍脊下的石澳半島。

在大潭水塘視察魚兒。

「偶的『金毛馳貓徑』！」

「偶要『一狗當先』，跑上山頂！」

賽西湖商場的咖啡店或大排檔供人用膳。

喜歡這條路線尚有一個原因——小時候看香港地圖，對「金督馳馬徑」此一獨特路名已一見難忘。原來「金督」是指香港第十七任總督金文泰（於一九二五－一九三〇年間任職），他愛好騎馬，而此路乃其日常馳騁之處，故命名曰「馳馬徑」（南區亦有一條以其夫人命名的「金夫人馳馬徑」）。貴爲總督策馬巡行之地，想必是通衢要道。當年日軍襲港，於港島北岸登陸後，正是於賽西湖水塘集結，再沿此徑，推進至軍事要塞黃泥涌峽。漫步此徑，大可撫今追昔，緬懷香港保衛戰之歷史。而鰂魚涌樹木研習徑亦有「戰時爐灶」遺蹟，也與這段歷史有關。

至於我們把此路諧稱爲「金毛馳貓徑」，那是因爲後來我們爲聽聽添了一貓弟弟「薑光仔」。光仔是一隻傻傻的橘貓，只要幻想一下聽聽「策騎」著光仔的畫面，便教人捧腹大笑了。馬麻是「貓派」，老是說聽聽其實聽命於貓弟；而巴拔是「狗派」，一次與馬麻剛巧在這條路上就「貓狗誰是老大？」的話題鬥嘴，便虛構出「金毛馳貓徑」一名來回敬了。

＊＊＊

也談談龍脊。此路由土地灣出發，終點可通往石澳或大浪灣，自二〇〇四年獲《時代周刊》選爲「亞洲最佳市區遠足徑」以來，漸爲人熟悉。此山路一如其名，如一條巨龍盤踞於山，

憶香港保衛戰歷史

「亞洲最佳市區遠足徑」龍脊

遊人則如行走在龍之脊骨上，高低起伏，兼享兩邊風光，不過多數路段起伏只屬輕微，聰聰年輕力壯時可謂應付裕如。當登上打爛埕頂山，向左遠眺是一望無際的藍塘海峽，向下俯視則是石澳半島，半島上密布白色小屋，驟眼看來，那藍白相間之圖畫，簡直有若希臘愛琴海之勝景，但這卻是熟悉而伸手可及的美，因此眼前景色又猶勝彼邦了。

「香港眞係好靚」，原因就如蘇東坡所說：「此心安處是吾鄉」。

聰聰最後一次登上龍脊之巔，大約是十三歲時，也是與我的學生們同行。那天風勢清勁，兼有細雨，而我們驚覺聰聰之步履已不如從前穩健。拾級而上時，牠雖能聰明地避開石級，從旁邊泥路上斜，但若跨度較高，則已力不從心。幸好當日我們人多，每遇較陡峭之路段，便輪流蹲下輕提其後腿，甚或抱起牠，另一些同學則在前方吶喊助威，鼓勵牠前進。結果聰聰仍不負眾望，成功登頂。

但自此以後，我們深知聰聰已不復當年勇了，此後行山必須減低難度，只行平緩之山徑。

但無論如何，聰聰已賞過香港最美的風光了，又夫復何求呢？

尋回散步時光——與金毛犬聰聰一起成長、漫步小城，直到老去！

七·碧波與黃鴨子

上山以外，還可下海。

話說金毛尋回犬此一品種，其原始功能是替獵人尋回擊下之鴨子和水鳥，所以理應擅長游泳。可惜巴拔和馬麻本身都不諳泳術，未能陪同聰聰出海暢泳，所以聰聰在這個領域的潛質，只停留在「有待發掘」的階段。

如要帶狗狗出海，在香港選擇不多，因爲大多數海灘都由康文署管理，狗狗絕難越雷池半步。剩下的，便是非政府管轄的海灘（這種泳灘並無救生員駐守，遊客須自行評估風險），如西貢後海灣、浪茄灣，南丫島模達灣等。而港島則有兩個——石澳後灘和赤柱後灘。

自從養了聰聰，才後悔自己小時候沒好好學游泳。我們惟有與聰聰在淺水區域嬉玩，常玩的把戲是把塑膠鴨子拋到水裡，然後讓聰聰拾回；又或是在水邊奔跑，然後讓牠追趕。不過也曾有數次，同場有擅泳的狗主幫我們把聰聰帶到海中心，看著聰聰在海中乘浪俯仰，輕盈愜意，甚是羨慕與感動。

奔回岸上，聰聰最喜在泥沙上翻滾，發出情不自禁的嗚嗚聲，彷彿在享受按摩。

石澳後灘、赤柱後灘

「偶是衝浪小子！」

英姿颯颯的沙灘少年。

「把鴨子叼走，就可以藏起來了～」

回看牠在沙灘上拍過的照片，烈日下藍天碧海，灘上鋪了一地金子，而聽聽昂首微笑，雖滿身泥濘，但像極了英氣颯颯的少年。

領著一隻「泥鴨」回程，可令人大費周章。由於這類泳灘並無沖身設備，我們只好到公廁來回取水多次，先沖走身上的泥沙，待回家才徹底洗澡。臨離開前，到泳灘附近的茶檔吃個茶餐，讓「落水狗」在陽光下慢慢風乾，也不失寫意。

不過，話說一次我們去海灘時，都怪巴拔拋鴨子時稍為大力，加上鴨子隨浪又愈飄愈遠，聽聽見狀，不敢跑出去追，也許看著鴨子一去不回了，牠嗚嗚悲鳴。自此，便不再太熱衷到海灘游泳了。到底聽聽是否因目睹同伴命運悲慘而「物傷其類」？我們不得而知。然而，聽聽年紀漸大，確是事實。

於是，我們改為帶聽聽去專為狗狗而設的泳池。一來比較安全，二來在泳池慢慢活動，有助老犬紓緩後腿痛楚。坊間不乏此類狗泳池，不但有專人伴泳，更設沖身服務，主人大可安坐一旁，然而收費亦昂，一小時動輒六、七百元不在話下，但我們幸運地發現一廉宜之處——西貢得生綠洲。這是由基督教團契組織籌辦的社會企業，旨在為更生的青少年提供工作實習的機會。曾看過不少外國的紀錄片，指出照顧動物能讓曾經誤入歧途的人士重建自信和責任感，動物就是有一種奇妙的能力，能讓人的心靈軟化，變得溫柔，重新融入社群。

池中常駐一、兩位「大隻佬」哥哥，如見狗狗泳姿不順，就會出手扶助，確保狗狗正確

地劃動後腿，達到鍛煉筋骨之目的。每次一小時，收費只是一百元，當然沖身是由主人負責，

而場地的吹風設備也非常齊全。我們首次帶聰聰來，便碰見藝人林保怡先生剛與他的雪橇犬

阿水游泳完畢。原來阿水曾因椎間盤凸出而癱瘓，正在復康當中。林先生外表雖酷，但對愛

犬疼愛有加，親力親為，當日他也有親切地與聰聰玩拋鴨子呢！社會若有更多這類由志願團

體經營的動物康樂場地，實在是狗狗的福音。

聰聰是泳池的活寶貝，常令哥哥們哭笑不得。我們總是用鴨子引牠下水，然而，大概因

為「鴨子飄走事件」陰影不散，聰聰下水捉鴨的動機大減。即使成功下了水，除非哥哥強行

抱住讓牠划水，否則牠往往「目標為本」，趕忙把鴨子叼住後便立即衝上水，以示任務達成。

我們惟有像個傻子般不停在池邊繞圈，手持玩具或小食大呼小叫，務求誘使聰聰多游幾圈，

多活動後肢。最滑稽是，聰聰上水後往往喜歡在池邊跟我捉迷藏，繞著池邊不斷轉圈，像個

勝利者般騎騎笑，有用不完的活力。池內眾人目睹景象，莫不笑聲連連。

游完泳沖身之後，我們再在西貢逛一整個下午，在路邊攤喝杯紅石榴汁，或找個咖啡店

的戶外座位，吃一片塗滿果醬的多士，聰聰則睏得伏在地板上呼呼大睡。

就這樣，凝視著夏天寧靜的海，呼吸著海風中夾雜鹽味與生曬海味味道的空氣，至日薄

西山才叫車回家，這是回憶中的好時光。

牽回散步時光——與金毛犬聰聰一起成長、漫步小城，直到老去！

八・蔚藍的赤柱海岸，與開往離島的慢船

「生活靜靜似是湖水，全為你泛起生氣，全為你泛起了漣漪，歡笑全為你起。」

自從有了聰聰，每個周末也像度假。陽光、海岸、小島、山徑，喚醒平日昏昏欲睡的靈魂。

平日上班遛狗時間不多，因此周末我們盡可能多花時間帶聰聰到處遊玩。要避免市區人頭湧湧，最佳選擇當然是郊遊了。當然，帶著狗狗其實也沒甚麼可做，不過是在餐廳慢慢吃個全日早餐，然後在林蔭大道下信步閒逛，人聊聊天，狗則處處嗅聞。聽來有點無聊——但你有多久未像這樣完完全全的放空一整個下午？

在香港帶著狗狗去郊遊，赤柱是個好地方。周末的赤柱，熱鬧，但不至於擠擁。赤柱大街和美利樓一帶有幾家餐廳設戶外座位可供狗兒入

「巴拔，偶們出海去吧！」

座，不過價格稍昂。而其實，最簡單的快樂往往不用金錢買來——因爲我們可以野餐去。

馬坑公園的入口就位於美利樓旁，這也是少數容許狗狗進入的康文署公園。內裡雖不能席地而坐，但沿途不乏檯凳，即使周末遊人也不太多。這樣，吃兩件三文治，遠眺卜公碼頭海景，便足以閒坐三數小時。何況對聽聽而言，野餐的吸引力比去餐廳還大，因爲比起餐廳供應的食物，野餐盒裡總有許多小番茄、青瓜和肉乾，牠都可以分得一杯羹。

赤柱還有不少好逛的地方。赤柱後灘與市集只一街之隔，卻甚幽靜，路邊有古董攤檔，後方有八間紅磚石屋，沙灘上是閒置的小舟。海中偶有滑浪的弄潮兒，恍如日劇《沙灘小子》的畫面，劇裡反町隆史最愛說：「有甚麼關係嘛？反正現在是夏天。」我們也往往效法他和竹野內豐，在長凳上望得出神。

穿過市集，走上石階，可見兩座古蹟——赤柱郵政局和由舊警署改建的超級市場。此處有兩條往半島南端的路，沿黃麻角道，可達聖士堤反灣及赤柱軍人墳場；而經東頭灣道，則可前往香港航海學校、聖士堤反書院，以及南區文學徑的其中一個景點——紀念胡適先生的

你多久沒有寫信給想念的人？

「井字遊戲」（如對作家們在香港的足跡有興趣，當然要一讀小思老師的《香港文學散步》）。無論走哪條路，均清風送爽，天海蔚藍，恍如置身南歐海岸。

待到黃昏時分，回到赤柱大街，總會碰見雪糕車奏著《藍色多瑙河》的旋律，我們當然會買一杯甜筒，讓晚霞灑在奶白的軟雪糕上。別以爲聽聽沒有份兒。赤柱廣場有一家意式雪糕店，有專爲狗狗而設的冰淇淋。我們把聽聽的雪糕杯放在地上，牠總是一邊吃著，一邊鼻子把杯子愈推愈遠的，而吃完了，還要瘋狂地舔杯子，甚至忘形得把杯子「吸」了在鼻上，十分滑稽，可列入「金毛尋回犬聽聽笑笑小電影」三甲之中。

＊＊＊

要是那天更悠閒一點，可以坐一班開往離島的慢船。

在香港芸芸公共交通工具中，船是唯一「動物友善」的。狗狗只需戴上口罩，便可上船，坐在最前排的位置，而且每位收費比成人還低。除了往離島，市區小輪同樣歡迎狗狗，聽聽搭過的市區航線便包括鯉景灣往觀塘，以及北角往九龍城和紅磡。

猶記得聽聽初次踏足碼頭，當甲板徐徐降下，直把牠嚇了一跳。

「眞的可以踏上去嗎？」聽聽那半帶疑惑的表情彷彿在問。

「傻孩子，當然可以啦！」然後聽聽便踏上甲板，神氣十足地首次乘船——也首次取得公民乘搭公共交通工具的權利。也許因為戴上口罩，最初聰聰也神情謹慎，乖乖俯伏在凳下的地板上。而隨著輪船開動，載浮載沉，感覺輕飄飄的，聰聰也許已感知我們正前往遊玩的地方，於是急不及待又彈起身來，到處張望。船上乘客赫然發現前排座位有一狗頭伸出，更發出傻笑般的嘘嘘喘氣，想必也忍俊不禁。

我們去得最多的是南丫島。在榕樹灣碼頭一下船，觸目所見便是不遠處的「三支煙囪」，即南丫島發電廠，是小島的地標。而路旁一排排單車，正提示我們已逃離鬧市馬路的煙塵。

南丫島是個沒有載客汽車的小島，偶有載貨的小型「VV車」（即「鄉村車輛」Village Vehicle，那是在香港一些特定區域的專用車牌字頭）緩緩駛過。聰聰跟我們漫步榕樹灣大街，巴拔駐足路邊的唱片攤挑選黑膠唱片，馬麻被小店的貓咪飾物吸引著，聰聰則四處張望，鼻子微微抽動，該是被烤魷魚檔的香味引誘了。

南丫島的餐店都歡迎狗狗內進，當夏日炎炎，躲進店內小庭園喝一大杯西瓜汁，不亦快哉！雖然狗狗不宜喝有味飲品，但既然是鮮榨果汁，就姑且准牠嚐幾口吧。離開大街，往山路走，看看村屋牆壁上花團錦簇的壁畫，看看風力發電的風車，走累了則坐下吃碗「阿婆豆腐花」。回程可返榕樹灣碼頭，若尚有腳力，也可走一小時山路往小島另一端的索罟灣碼頭。

聰聰也到訪過其他離島，跟梅窩的牛牛打過招呼，看過長洲高聳的包山，也在坪洲偶遇酷似弟弟薑光仔的橘子貓。在離島呆上大半天，彷彿可以把市區的雜務丟得一乾二淨，像《旺

尋回散步時光——與金毛犬聰聰一起成長、漫步小城，直到老去！

其他離島：
梅窩、長洲、坪洲

南丫島

來到南丫島了！

小島上村屋的壁畫真美。

「與巴拔一起嘆西瓜汁，好涼快喲！」

「巴拔說來一碗阿婆豆腐花。」

角卡門》裡的劉德華和張曼玉，每人手持一支可樂在大嶼山的小街上浪漫閒逛，當離去時，是多麼的繾綣不捨。

回到碼頭，船尚有半小時才泊岸，我們和聰聰坐在長凳上，看著徐徐下降的「鹹蛋黃」。

「巴拔，不如我們留在這小島上，以後你便不用再上班了。偶們每天上山散步，好嗎？」

長居小島的願望未有實現，倒是每天足不出戶陪伴聰聰的生活，在數年後果然發生了。那是後話。

「有了你，頓覺輕鬆寫意……」

我們與聰聰仿如變成了鳥和魚，在眾多美麗的小島上，置身於海闊天空裡。

黃昏了，留在小島好嗎？

尋回散步時光——與金毛犬聰聰一起成長、漫步小城，直到老去！

九·香港的樹

「十年樹木」，十年也正好涵蓋了一隻狗的黃金年華。三千多日之間，小樹苗長成參天大樹；而每天在樹下走過的毛孩，也由蹦蹦跳的小狗漸漸變得成熟，腳步徐徐放緩。

香港有許多漂亮的樹。元朗大棠的楓樹林，媲美日本京都或美國蒙大拿州——「停車坐愛楓林晚，霜葉紅於二月花」，杜牧的詩正好道出了滿山紅葉的美態。

早幾年前，大棠賞楓仍未蔚爲風潮，我們曾數次帶聰聰到訪。抬頭所見，樹上盡是橙紅，如閃閃發亮的琥珀，又如成熟欲滴的橘子。陽光透過葉縫，射在一隻黃金獵犬的毛髮上，金黃得有如梵高畫筆下的麥田；加上到處跑動的孩子，和騎著單車的少年，那是最和諧的一抹秋色。翻看當時的照片，彷彿又聽到小腳板踩在滿地落葉上窸窸窣窣的聲音。

但我們最喜歡的樹，卻是初夏的鳳凰木。它又名「影樹」，又叫「野火花」。張愛玲在《傾城之戀》是這樣寫它的：「紅得不可收拾，一蓬蓬一蓬蓬的小花，窩在參天大樹上，壁栗剝落燃燒着，一路燒過去，把那紫藍的天也薰紅了。」她寫的是淺水灣的影樹。

在香港，每逢六月頭，鳳凰木紅花便開得如火如荼，許多學生一看見，便聯想到考試季節又來臨了。我們每年也試圖帶聰聰追賞鳳凰木，例如到維多利亞公園附近、何文田的學校

追賞鳳凰木
維園、何文田、港大

元朗大棠
楓樹林

區，又或香港大學一帶。無奈的是，鳳凰木的花開得絢爛卻短暫，有時乘車見某處花開正盛，心想周末便去賞花，豈料來到時已凋落大半。也許是因爲多雨，就像李煜的一句「無奈朝來寒雨晚來風」，但更有可能是由於氣候異常，導致開花規律遭打亂，一整排凰凰木同時綻放的壯觀情景，已漸鮮見。有時反而遲至八、九月，還見一、兩株開出零星花苞。朝花夕拾，如今重溫聽聽相簿，合照的鳳凰花大多零零落落，只可說這是一種遺憾美。

還有一種特別的樹，叫「節果決明」。西西有一個短篇叫《雪髮》，就是在節果決明樹下發生的動人師生故事。香港目前只餘兩棵，一棵在迪欣湖，另一棵在中環美利大廈。後者是已被列入《古樹名木冊》的百年古樹，初時因未獲妥善保育而曾感染眞菌爛根，以致一半樹幹腐壞塌下，後來該廈重建爲酒店，才得到重視而受到保育。

節果決明每年四、五月開花，我們慕名探訪。雖只有一株，但串串花兒綻放，淡白嫣紅，當微風一吹抖落細碎花瓣，灑遍一地，直如沐浴於京都的櫻花雨。那天本來打算打卡留念後便離去，豈料發現酒店的戶外自助餐對毛孩無任歡迎，於是聽聽便第一次成爲五星級酒店貴賓。其後我們沿紅棉道上山（又是以樹命名的美麗街道），發現纜車總站後方的纜車徑是俯瞰中環全景的拍照佳處，我們還興奮得帶著聽聽追上山的纜車呢。這些在明信片上司空見慣的景色，平時只覺是旅遊協會宣傳景點的陳腔濫調，與日常生活沒甚麼連結，未想到不經意置身其中時，在驚鴻一瞥間，才驟覺這太平山下的香港是多麼的親切、多麼的叫人離不開。

追賞節果決明
中環美利大廈

即使是尋常的樹，綠樹成蔭也是一種上天賜予的幸福。有時匆匆下樓遛狗，遇上急風驟雨，手邊又沒有帶傘，若雨不太大而巧逢樹蔭作遮擋，定當特別感恩（注意前提是沒有行雷閃電）。當年住筲箕灣，耀興道的一排大樹便拯救了我們無數次。有些人不明白保育樹木的重要性，只要他們養過狗，受過樹的恩惠，便必能恍然大悟。當大樹倒下，最是教人心折。

二〇一八年九月十六日颱風山竹襲港，十號風球維持共十小時，生效時間是戰後第二長。颱風遠離後，再次帶聽聽外出散步，觸目所見多棵大樹傾倒，橫臥路上，滿目瘡痍。炮台山道斜路被倒下的樹幹橫斷成數截，聽聽跨過滿地樹枝時，一臉大惑不解，把樹枝嗅嗅聞聞，這大概是牠一生中經歷最猛烈的風雨了。鰂魚涌狗公園也面目全非，座椅破爛無比。

辛棄疾曾感慨：「可惜流年，憂愁風雨，樹猶如此」，樹是聽聽的好朋友，如相信萬物有靈，狗兒應該也曾爲大樹哭泣吧。

山竹吹襲過後，許多倒塌的大樹都給鋸掉了，不知何時才再綠樹成蔭呢？

濃濃的秋意就在聽聽頭上，大棠紅葉真美呢！

美利酒店外的節果決明樹。

隨意在街上走走，也能遇見媲美櫻花的漂亮花卉。（圖為北角百福道盛放的杜鵑）。

校門前鳳凰木怒放，也代表考試臨近了。

十・我們逛公園去

「動物融入社區」，如今已是不少市民的共識，但在十數年以前，在香港這還是一件新鮮的事情。

大家到外國旅遊，路經大小公園，不難目睹人狗共戲的畫面。相反，香港康文署管轄的公園，絕大多數都不准動物進入。二〇〇七年，灣仔臨時海濱長廊開放，破天荒設寵物公園，寵物主人終可名正言順地帶「主子」到市區公園嬉戲，這是香港歷史上的第一次。可以說，灣仔寵物公園的開放，是推動香港成爲「動物友善城市」的小小里程碑。這不得不歸功於二〇〇四至二〇〇八年一屆的灣仔區議會，該屆區議會由一衆新銳民主派議員主導，特別強調公衆參與社區規劃。

可惜，政府對保障動物權利並不積極，遲遲未訂立完整的《動物保護法》，諸如虐畜、非法繁殖牟利等事，依然無日無之，甚至對殺動物狂徒不予起訴，逃之夭夭。撫今追昔，十多年來香港動保成績竟然只有寸進，實在令人憤慨。

聽聽第一次去的公園，正是灣仔寵物公園。

灣仔寵物公園
（現已關閉）

當年聰聰仍非「善類」，因此我們多數在黃昏出發，選較僻靜的一角才解開狗繩，讓牠享受不受束縛的時光。自從牠「被趕出校」後，我們深知牠急需改善社交技巧。因此，如遇上其他狗狗，我們也會繫回狗繩，才上前去打個招呼，讓狗狗彼此嗅嗅聞聞，漸漸，牠與狗友相處的表現漸有改善。可以說，寵物公園是動物學習社交的重要場所，其存在價值毋庸置疑。

灣仔寵物公園最珍貴的，當然是那片草地。嚴格來說，那只是沿海的狹長空間，但已令狗主如獲至寶。樂極忘形時，聰聰會在草地翻滾，發出狂野低鳴，大概是在享受泥土的按摩吧，見「主子」終於可放鬆若此，居於城市的「奴才」們莫不深感欣慰──簡單一個容許人狗共融的公園，一片青草地，不必甚麼特別的設施，最多是一條大水喉，幾張長凳，幾個狗糞收集箱，所花公帑實在甚少。市民與狗兒之需求如此卑微，而竟彷彿已成莫大「恩賜」，這對所謂「亞洲國際都會」不啻是一項諷刺。

若干年後，我們到台中旅遊，偶經「市民廣場」，即位於草悟道的誠品書店對面那一大片草地，那才是名副其實的「市肺」。下午五時許，四方八面都有狗狗自由狂奔，而遛狗的飼主一臉悠閒從容。

我為之恍然頓悟：他們──包括人和狗，才是真正意義上的「市民」，一群享有活於城市所應得權利與尊嚴之公民。相比之下，我們這裡有甚麼？就是公園前林林總總的禁止標誌，

奪回散步時光──與金毛犬聰聰一起成長、漫步小城，直到老去！

除了「禁止攜犬入內」，還有「禁止玩滑板」、「禁止踏單車」等等。呆站在公園前被拒之門外的你，頓時發現自己不過乃二等公民。

可惜，香港首個寵物公園壽命短暫，二〇一〇年便因灣仔繞道工程而拆卸。與狗友閒聊時，大家不約而同甚懷念，也許因爲這裡不只地點方便，更能讓市民與愛犬分享香港最絢麗的維港夜景，象徵意義非凡。

猶記得公園西端有一堵紅磚牆，牆前青草，牆後碧海，聽聽總愛爬在牆後，悠然張望，彷彿那就是牠的後園。重溫聽聽於三、四歲青蔥歲月時所留之倩影，實在叫人回味。

＊＊＊

後來，港島東設有鰂魚涌寵物公園，雖不及灣仔寬敞，但總算種了些青草，栽了各色花卉，且可以遠眺九龍對岸，蔚藍天空下景致甚美。每逢假日，大小狗狗空群而出，聽聽在此間穿梭，也甚快樂，十年以來，度過了不少寫意的晨昏晝夜。而每年中秋，我們一家在此賞月，無論皓月

「為甚麼不讓偶進去呢？」

「這是偶的私家花園！」
（攝於已拆卸的灣仔寵物公園）

「自由野」上，聽音樂會。

西九公園裡悠閒的人與狗。

「巴拔，不要跑那麼快，快給偶小番茄！」（於彭福公園、由Bambiland攝）

「和情人深深一吻來代替講話……」（攝於貝沙灣）

當空，抑或烏雲蔽月，只要人狗團圓，已心滿意足。

至於一些並非由康文署管轄的公園，如彭福公園、貝沙灣、西九文化區，則草地寬廣，可供狗狗盡情追逐，是聽聽拍攝沙龍照的勝地，我們尤愛後者。

西九公園歷經兩代變遷，二〇一五至二〇一七年稱爲「臨時苗圃公園」，定期於周末舉行名爲「自由野／自由約」的音樂藝術節，有不少本地獨立樂隊和爵士樂手獻技。巴拔、馬麻都是樂迷，帶著聽聽，在偌大草坡上選一個空位，鋪一張地墊，沐浴在陽光下野餐聽歌，確有無拘無束之感。

在場大狗小狗衆多，東奔西竄，猶如聞歌起舞，聽聽也當然乘機在草地上盡情翻滾。至於野餐，對聽聽來說尤是福音，一地食物與牠恰成水平距離，正好給牠有機可乘，展開偷吃突襲，我們得小心翼翼防備，有如攻防戰，但箇中樂趣無窮。

二〇一七年起，公園位置略有遷移，定名爲「藝術公園」，沿海開了不少餐廳，草地成爲一家大小或三五知己架起帳蓬露營之熱點。「自由約」雖不復舉辦，但我們仍愛帶聽聽前來散步，尤其晚上微風輕拂，對岸是中環璀璨夜景。

小思老師在《香港故事》中有說：「我總愛半瞇著眼睛看山上山下的燈光，就如一幅迷錦亂繡。正因看不真切，那才迷人……」，確是形容眞切。當你親眼凝視那一片閃爍而浮動的晚燈，很難不愛上這個城市。儘管那柔和的霓虹，近年已漸被刺眼的 LED 燈飾所取代了。

二〇二二年，西九文化區的第一個正式博物館 M+ 終告落成。自一九九八年宣布規劃文化區，歷經設計推倒重來、超支、行政總裁離職、毫無諮詢下安插新館，已整整二十三年——當中所反映之顢頇與廢弛，可謂甚具歷史象徵意味。回頭一念，市民需要的，真是種種自上而下的離地規劃嗎？來看看西九大草地上的景象吧——市民各出奇謀，各適其適，有人露營、有人做瑜伽、有人踩滑板、有人在草地睡覺，當然也有一隻傻傻的金毛尋回犬在忘形翻滾……以上種種，一律是平日於康文署公園被禁之事。

何謂「急市民所急」？市民最需要的，只是一片自由的草地而已——在自由之草原上，尋回那被禁止的快樂。

尋回散步時光——與金毛犬聰聰一起成長、漫步小城，直到老去！

我們所愛的城市

// 誰的眼睛最為善察呢？我們牽著聰聰漫行，但從另一角度看，其實是牠引領我們走向室外的大世界。每次發掘新的路線，就如尋幽探秘，順著牠好奇而靈巧的大眼睛，我們認識了自然界更多草木，見識了更多的古蹟和人文風景。與聰聰走過的旅程，正是一本小城遊記。//

十一・小巷人情：鰂魚涌和大坑

狗狗在城市生活，成爲社群的一分子。牠們的生活質素如何，端賴這城市對待動物的方式是如何。

有關愛護動物的理論，主要有「動物福利論」和「動物權利論」，這背後牽涉哲學上的思辨，簡單來說，前者仍視動物是人的從屬，服務於人類的需要；後者則視動物爲獨立的個體，有其本身的尊嚴。當然這並非本書的重點，然而與聰聰一起走過十多年，我常常都在想一個問題——我們的城市是否眞的把狗視作「人類的朋友」呢？要是這樣，爲何處處設限呢？

再進一步想，外國偶有狗狗每天定時自行搭車的趣聞，而當地居民又見怪不怪，甚至非常歡迎——我們的城市，又是否已準備好把動物視作某種公民？

早陣子在書店偶見由西方學者威爾·金利卡（Will Kymlicka）及蘇·唐納森（Sue Donaldson）所著的《動物公民：動物權利的政治哲學》（*Zoopolis: A Political Theory of Animal Rights*）一書，甚值一讀。

與狗狗外出逛街吃飯，是不少養狗人的生活樂趣。有關「動物友善食肆」，我們口袋裡當然有一張清單，然而現時的動物政策基本上是不友善的，即使是設戶外座位的食店，究竟是否准許客人帶狗，當中其實也有灰色地帶。而有些小店雖沒有戶外座位，但老闆私下對狗友善，容許我們帶聰聰入內，讓牠乖乖伏在枱下或座位旁，對於這些小店對聰聰的熱情招待，我們是銘記於心的。（不過因爲聰聰是「偷雞」進去這些餐廳，所以在這書裡我也不便提及是哪家食店，如已結業的則除外。）

那麼以下就談談聰聰逛過的大街小巷吧。

* * *

鰂魚涌是離家較近的一區。濱海街是一條有趣的小街，據說以前這裡曾是明渠或運河，故樓宇均建在以石牆築成的地台上以防水浸，牆上現在已塗上了蒙特里安風格的三原色圖案。

街上有一家貝果（Bagel）店，年青的老闆從加拿大回流，店外放了一座曲棍球龍門，有時我們在店外吃包，老闆則執起球棍作勢與聰聰對壘，由聰聰鎮守龍門，場面煞是有趣。

另一家咖啡店，店外有一張小板凳，我們會閒坐其上，觀望來往的行人。有次把聰聰的小雨衣遺留在上面，幸得店員哥哥姐姐發現，把雨衣摺好代爲保管，雖是舉手之勞，但我們滿是感動。

可惜這條純樸的小街正在經歷大規模重建，這兩家我們喜愛的小店也已關門了。

尋回散步時光——與金毛犬聰聰一起成長、漫步小城，直到老去！

鰂魚涌
海濱街、海光街、海灣街、海堤街

除了午飯時段湧滿「搵食」的打工仔外，海光、海灣、海堤街一帶街如其名，其餘時間均甚具海邊小鎮的慵懶格調。而與商業大樓相映成趣的，是矮矮的唐樓，和悠悠地營業著的小店。往嘉諾撒學校那邊望去，是靜靜的海港，和公園旁的海澤街。

有一次，我帶著裝了個 Bagel 的紙袋與聽聽竄進了海澤街的小公園，打算邊吃邊看球場上的孩子踢球，誰知我看得入神之際，聽聽竟把那隨手放在凳上的半個三文魚 Bagel 鯨吞掉了，氣得我哭笑不得。

有時星期日，太古坊會舉辦市集，因爲容許帶狗內進，區內區外的狗狗例必空群而出。聽聽當然也不例外，尤其因爲那裡有我們喜愛的麵包檔。人們站在攤檔外吃小食，父母抱著孩子席地而坐，聽音樂或看雜技表

靜靜的濱海街，靜靜的生活。

「偶就是幸福的狗～」
（攝於濱海街的咖啡店）

盡情翻滾吧！
（攝於鰂魚涌公園）

「貓老闆，今天是母親節，偶要買花送給馬麻喔～」

星期日市集裡的音樂會。
（攝於太古坊）

演，狗狗則互相交際，偶然吠叫，配合人聲鼎沸，一片喜氣洋洋。

每次來到這裡我也不禁想：這麼熱鬧的場面，豈不是很好的商機嗎？為何香港的商人不多辦這類市集呢？

＊＊＊

大坑是我們經常流連的另一小社區。我們遷往炮台山後，沿山上的天后廟道走半小時，便可抵達。

以前這是以車房為主的舊區，唐樓只有幾層高；現在有些舊平房經粉飾，為這裡增添了歐洲小鎮風情，進駐了不少時尚的餐廳，更建了幾幢豪宅——這就是「仕紳化」了。

然而，車房們其實仍在默默地努力營運，有時平日午後來到，傳來車房工作時叮叮咚咚的敲擊聲響、水喉洗地嘩啦嘩啦的聲音、收音機傳來模糊的老歌，確有新舊時空交疊之感。

大坑食店的「聰聰位」（我們對戶外座位的別稱）多數設於小巷中，既有新派咖啡店，也有以餐蛋麵、絲襪奶茶聞名的茶檔，那是正宗的港式風情。既可優雅，也可「地踎」，那大概就是香港人的隨意適性吧——而我懷疑聰聰比較喜歡地踎，別問為甚麼，總之牠就像這樣。

常言道，小社區滿有人情味，「人情味」聽來抽象，其實就是指社區網絡的連結——居民、店舖、遊人，當然還應該有動物。

大坑小店各有特色，店主之間都熟稔，假日常有合作的墟市活動。而我們之所以對這一帶印象深刻，只因有著「雪碧」——說的不是汽水，而是聰聰的狗友，而且牠也是金毛尋回犬。

常在新村街見到雪碧，牠是步姿優雅而安靜的金毛女。我們一見聰聰的同類，當然兩眼發光，便四出打聽其名字和來歷。後來得知，牠是雜貨店「太子女」，年紀跟聰聰相若，也同樣會被遺棄。據店主說，雪碧在領養機構時全身長滿脂肪瘤，發出異味；但我們認識雪碧時，牠已搖身一變成為美女了。

附近幾乎所有店主街坊也認識雪碧，因為牠最愛到處討食物——性格也與聰聰相近吧，其實所有金毛都貪吃。

我們進入雜貨店內，輕喚「雪碧」，原本伏在地板午睡中的牠，便會雍容地站起來迎接客人——倒不像聰聰的急性子，但同樣愛摸摸。

所以說，狗店長或貓店長的存在，足可融化街坊們的心靈。這樣，社區的連結便更緊密了。

尋回散步時光——與金毛犬聰聰一起成長、漫步小城，直到老去！

大坑蓮花宮前留影。

「巴拔，一起去『踎』大牌檔吧！
這才是男人的浪漫啊！」

漫步大坑的小巷弄。

邂逅美女雪碧，聰聰含羞答答的。

灣仔是另一個逛之不厭的地方，我們尤愛皇后大道東一帶。

利東街（也就是當年引發保育爭議的「囍帖街」）是可攜犬進入的商店街。一次，聰聰在這裡巧遇推銷日本零食的大鼠人偶，這位大鼠先生把聰聰一擁入懷，聰聰立時笑得很甜，說來還是牠第一次遇見巨型人偶呢。

與商店街相比，附近幾條小街更令人留戀。

汕頭街南端是石級，令人想像起當年的海岸線——二十世紀初莊士敦道建成電車路前，這兒便是碼頭，貨物主要運往南中國口岸，背後則是倉庫，而那石級的降落處（即皇后大道東邊緣），當年已是海了，這是名副其實的滄海桑田。我們緩緩從石階走下來，彷彿踏入時光的小河。

被大鼠先生一擁入懷。

尋回散步時光——與金毛犬聰聰一起成長、漫步小城，直到老去！

街邊有一個意粉檔，檔主很健談，我們就坐在路邊的長板凳上吃意粉，甚有「踎大牌檔」的庶民樂趣；隔鄰麵店店主也與這攤檔相熟，且對狗狗同樣熱情，見有狗狗，便立即拿一大袋方包出來，吃得聰聰不亦樂乎。

遙望莊士敦道電車路和修頓球場那邊，是多麼的喧嚷，但小街彷彿遺世獨立，兩旁唐樓遮擋了午後猛烈的陽光，外面的車群也鮮有駛進，只是偶有一、兩輛送貨的小客貨車。

我們在這小街群（廈門街、汕頭街、大王東街、大王西街、船街）逛了不少平凡而愉悅的時光。近年這裡開了不少咖啡店，就站在門外喝一杯吧（有一家店外邊就是康文署的休憩處，巧妙地成了咖啡店的延伸，讓客人和狗狗均可安坐）。如果是星期天，需要買麵包作翌日上班前的早餐，這兒有數家新式麵包店，販賣焦香四溢的法式牛角包，或是健康鬆脆的酸種大麵包，飄出的香氣令人猶如在麥田中行走；同時，也有一家名爲「快樂」的老餅店，出售沾滿砂糖的紅豆沙翁，爲日子添上甜甜的味道。

捧著麵包，沿著大道東看看櫥窗中的家具和藤器，我們是快樂的三人組。

從大道東越過舊灣仔街市和律敦治醫院，再從鄧肇堅醫院側步下階梯，便是摩利臣山區的愛群道。

愛群道廣植樹木，環境鍾靈毓秀，多間學校和社區組織設址於此，因而得名。而我的母

廈門街、汕頭街、大王東街、大王東街、船街

愛群道

校——聖公會鄧肇堅中學，正屹立於一堵優雅的石牆內。這是我度過七年青蔥歲月之地，一磚一瓦，總是讓人回味不已。

母校與摩利臣山游泳池之間有一小徑，是絕佳的遛狗處，但當年公德意識仍未普及，往往有狗主不撿大便離去，於是同學間便把此徑謔稱為「狗屎路」，經常以「跳飛機」的步法閃避「地雷」，大夥兒跳跳鬧鬧，好不幼稚。

想不到多年以後，我也帶著自己的狗狗逛這「狗屎路」，不過如今狗主的責任感已加強不少，路上不復地雷密布了。

路旁，幾位師弟妹正在捧著顏料，細意地塗抹著，以壁畫粉飾校舍外牆，這正是母校的傳統，至今也換過好幾代畫作了，當年自己也曾參與其中。如今再踏故里，我卻變成學子們眼中那牽狗的途人，今昔的時空，在頃刻間竟微妙地重疊著。

五點過後，游泳池附近草叢的貓貓開始活動，路燈漸次點亮，留校課外活動的學生也三三兩兩的放學了。

我牽著聰聰走往克街，買一串魚蛋吃，一咬下去，依然是學生時代那微小而滿足的好滋味。舊時放學到這一頭，除了買小食，就是影印筆記，還有落機鋪和逛商場。「東方188商場」是潮流文化集中地，漫畫店、精品店、明星閃卡店等一應俱全。我則常往那兒的唱片店

辛回散步時光——與金毛犬聰聰一起成長、漫步小城，直到老去！

尋寶，也因此認識了「披頭四」（The Beatles）的歌。我其中最愛的一首 *In My Life*，約翰連儂（John Lennon）如此唱：

There are places I'll remember
All my life though some have changed
Some forever, not for better
Some have gone and some remain
All these places have their moments
With lovers and friends I still can recall
Some are dead and some are living
In my life I've loved them all

那些好地方，那些好日子，原來一直綿延至今。

「陪巴拔回來看母校，他說校門前的花和磚牆最優雅。」

校舍外牆的漂亮壁畫，都是師弟妹的傑作。

逛利東街遇上小王子展覽。

漫步小巷弄。
（攝於月街的唐樓前）

每天在鬧市中穿梭，
其實快樂就在彼岸。

「藍屋」前的小王子。
（攝於石水渠街）

十三・掃桿埔遇見小野豬

有時，我們牽著聰聰漫漫而遊，漸漸走到城市的邊陲。一天黃昏，在掃桿埔大球場附近，我們遇上一頭落單的小野豬。平日行山也常遇上野豬，多數是一家大小，大多行山客們都懂得禮讓，避在路旁，讓野豬們施施然過路後，才繼續行程，一向相安無事。而那次迎面而來的，似是一頭幼豬。我們見牠體型細小，而該處地方寬闊，便如常行走，沒有避開。

豈料聰聰和小野豬對於彼此均非常好奇，也許因身形相若吧，竟猶如兩頭小狗見面想碰鼻打招呼，差點便親了嘴——就如電影《重慶森林》的名句：「我們最接近的時候，我跟她之間的距離只有 0.01 公分」，無奈我們不肯定兩個物種是否可以親吻，會否有交叉感染之類的問題，只好拉開聰聰，至於小野豬，則徑自前往深山方向，大概是歸家去吧。

行文之時，香港政府正展開野豬捕殺計劃。事緣有一警察於先前一場活捉野豬行動中受傷，當局不久之後便作出反應——二〇二一年十一月十七日，香港警方及漁農處於南區深灣道對幾頭正在睡覺的野豬，施以食物引誘，繼而圍堵，結果活捉七頭，當中有長有幼，無差別地注射藥物毒殺。翌日網上，鋪天蓋地盡是野豬一家倒地不起、鮮血淋漓之照片，愛動物的人莫不同聲一哭。

回想上世紀七、八十年代，當局亦會設野豬狩獵隊，但只會射殺攻擊性強的大雄豬，對小豬及懷孕雌豬則網開一面。今日之做法，無疑是一大倒退。誠然，野豬於市區出沒、翻垃圾筒覓食等，對市民構成了一定程度的滋擾。但野豬現今之行徑，正是人類親手造成的——人破壞了生態，以致深山食物日少；復有無知民眾餵食，致使牠們自行覓食之習性改變。既是自己帶來的爛攤子，不是應該用文明而盡責的方法去彌補過失嗎？政府應有之義，一方面是教育市民切勿餵飼，另一方面是盡力執行「捕捉、絕育、放回」計劃，以期自然地減少野豬數目。如今，卻竟釜底抽薪，加以趕盡殺絕，這是甚麼道理呢？

放眼史冊，政權大規模虐殺動物屢有所聞。如俄羅斯普京政府於二〇一四年索契冬季奧運期間下令獵殺市內流浪犬；又如一九五八至六〇年「大躍進」期間，因麻雀啄食莊稼而展開聳人聽聞的「打麻雀運動」，結果生態鏈遭破壞，蝗蟲橫行，莊稼被毀，導致史無前例的饑荒，詳情見於港大馮客教授（Frank Dikötter）《毛澤東的大饑荒》（Mao's Great Famine）一書。

記得我們首次遛狗遇上野豬，一時手足無措，只懂急拖聰聰離去；倒是聰聰若無其事，也許是其生物本能，令牠安之若素吧。及後經驗漸多，我們亦已習慣與野豬共處，互不打擾，這才是人類在這個星球上與其他物種共存之道。

那次偶遇的小野豬，我們至今念念不忘。遙看牠遁回山林之際，其身上還依稀可見幼豬

辛回散步時光——與金毛犬聰聰一起成長、漫步小城，直到老去！

那獨特斑紋。現今牠應已長大了吧，也許已找得伴侶，一起領著孩子，教導牠們覓食。但願牠一直安好。也願我們的城市，終有一天學懂與動物和諧共存。

＊＊＊

偶遇小野豬數天後，恰巧是聽聽領受動物祝福的日子。

半山區堅道深處，隱沒著一座巍峨的教堂。從己連拿利（這是香港少數不帶「街、道、里、徑」等後綴的路名）緩緩上斜，樹蔭掩映間，仰望藍天，高聳的白色尖頂漸入眼簾。這是聖母無原罪主教座堂，純白色的正立面呈三角形，象徵天主聖三，雕飾簡樸，配以三道尖拱門，莊嚴而巍峨。動物祝福儀式，就於教堂外的廣場舉行。

我們到達時，不少毛孩朋友早已聚集，除了貓狗，還有龜、兔、倉鼠、蟋蜴、鸚鵡……可謂鮮蹦活跳，雞飛狗走，簡直可組成一艘小型的挪亞方舟。而聽聽就認識了一隻帥氣的橘貓，叫Anthony，跟弟弟光仔非常相像（讀者稍後便會讀到有關光仔的故事~）。不久，神父出場講道，教友祈禱唱詩，至於重頭戲，當然是主人帶同寵物一一排好隊，逐個接受神父灑聖水祝福。輪到聽聽時，聽聽顯然對神父用以灑聖水的聖器更感興趣，一副躍躍欲試的神情，大概牠以為那是蘋果汁吧。當聖水灑到牠的頭上，牠矇起眼睛，然後大力甩頭，表情相當趣怪。不知牠是否明白這是天主的祝福呢？

天主教的動物主保聖人是亞西西聖方濟。有一個關於他的故事——

一天，方濟在旅途上，看見路旁樹上聚集群鳥，於是高聲告訴同伴：「你們等我，我要去對我的鳥姊妹傳教。」鳥兒被其聲音吸引，圍繞著他，聽他傳教，盤旋不去。由於聖方濟與動物親近，其紀念日（十月四日）也成了世界動物日。

「主領導來到綠茵清溪水泉傍，
當黃昏偕天主一處行，
此棧羊隻屬於主的都強壯，
我是主的羊。」

這是我童年最愛的聖詩。那天在祝福儀式中，大家也有唱這首歌。我牽著毛茸茸的聰聰，一邊慶幸牠成了天主的小羊，另一邊卻惦念著那頭小野豬。不知這兒的歌聲和誦禱聲，是否能傳至城市背後的山林中？

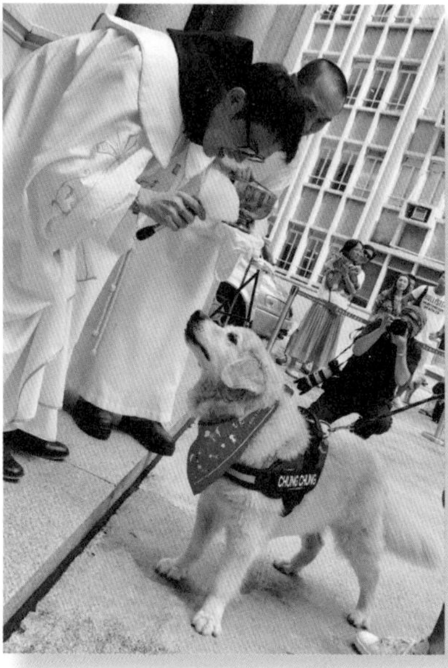

「神父在偶頭上灑聖水，很有趣啊！」

莊嚴的聖母無原罪主教座堂。

尋回散步時光——與金毛犬聰聰一起成長、漫步小城，直到老去！

十四・穿梭山城阡陌間：西環

我們曾在西營盤短居一個月，自此對這人狗和諧的社區念念不忘，假日有空定必重訪。暫居之處位於高街，平日在山城阡陌之間行走，跟店舖裡的動物也熟絡起來了，如第三街南貨店的黑白紋大肥貓（時常監視著聰聰有否偷吃），英華臺理髮店的金毛 Sammi 婆婆（最嗲豬的老人家），還有第一街寵物用品店超級友善的西摩犬 Baymax（店長說因爲 Baymax 有分離焦慮症，只好選一份可以帶犬上班的工作，而自己開店便最好了）。

第三街、英華臺、第一街

正街的大斜路是很有特色的一景，向下俯視，視線直通維港，未被新式建築所遮擋，令人不禁想像百年前的山城，正可如此遙望岸邊倉庫與碼頭之繁盛。此路上常有小麻雀與白鴿聚集，聰聰總是開懷地追趕（嚇死雀雀了～），不惜氣力奔下斜路，害得牽著繩的我們差點給扯下山腳。

正街

西環的餐廳和咖啡店亦對動物友善。福壽里的西餐廳以有機菜式爲主，店家領養了親人的金毛女 Onna 和洛威拿 Rocky。我們常趁 Onna 和聰聰碰鼻子時替牠們拍照，然後吹噓聰聰交了女朋友；至於 Rocky，是近五十公斤的「大隻仔」，卻非常溫柔，屁股有個心形圖案，最愛對客人施展「嗲功」，聰聰也自愧不如。還有英俊的黑白鬍鬚貓 Chia（奇亞籽），和美

福壽里

女三色貓Quinoa（藜麥）——從貓名便可知餐廳標榜健康飲食，樓梯和屋頂是牠們的地盤。在星期日，餐廳外常有動物志願機構擺設領養小狗攤檔，尋家的小狗蹦蹦跳跳，洋溢一片生氣，但願更多有心人舉辦類似活動，讓領養在香港漸成風氣。

＊＊＊

高街東端是馳名的「高街鬼屋」——曾荒廢多年的精神病院。如今只保留了其中一面外牆，後方則改建成新式的西營盤社區綜合大樓。有說這種古蹟「保育」破壞了原有的建築格局，只是徒具空殼而已。不過，在古蹟前散步，仍是一件賞心樂事，我總忍不住讓聽聽以古樸的石牆和拱廊爲背景拍照，讓聽聽化身成王家衛懷舊電影的男主角（是《花樣年華》的梁朝偉，抑或《阿飛正傳》的張國榮？聽聽是否有這種男神氣質，則留待大家評斷～）。

在電影《玻璃之城》中，有一幕黎明騎單車載舒淇夜歸港大宿舍，鏡頭正紀錄了仍未改建的高街大屋，那種浪漫情懷，恰如劉以鬯在《對倒》所說，「彷彿隔著一塊積著灰塵的玻璃，看得到，抓不著……」。

從高街轉出堅道，再沿樓梯街往下走，可達「太平山區」，現在亦稱「POHO」。據饒玖才先生《香港的地名與地方歷史》一書，開埠初期，因該處發生瘟疫而曾舉行太平清醮；而十九世紀末，鼠疫後政府曾大舉「洗太平地」，亦可印證此區之正名。這一區的太平山街、必列者士街、卜公花園外的普慶坊等，都是帶狗散步的好去處。如看過電影《大隻佬》，則

喵星人 Quinoa（留意牠手手的動作）。

雜貨店太子貓：「肥仔，又是你？不要偷花生喔～」

Sammi 婆婆已經 15 歲。

跟 Onna 接吻了！

太平山街見山書店，聽聽首次進入書店「打書釘」！

巴拔最敬愛的作家西西說：西環有許多古老而有趣的店舖值我們細看。像這家賣花燈的紙紮店，便排滿了美麗的民間藝術。

「偶想寄信給貓弟弟光仔和小津！」
（攝於長春社文化古蹟資源中心）

「巴拔說這裡的前身是『鬼屋』，但偶才不害怕呢！」（攝於高街）

「YMCA 好知己」
（攝於必列者士街青年會會所前）

應該會認得必列者士街上的紅磚屋——青年會會所，內裡有香港史上第一個室內泳池，也是魯迅先生曾經演講之地。

而最特別的，還是太平山街那家巷子裡的小書店——見山書店，其選書甚有品味，尤其注重推介香港文學和本土議題書籍，也有圖畫漂亮的繪本。那次我們拖著聽聽在店外的長枱「打書釘」，老闆娘便邀請聽聽進去，想不到城中也有歡迎狗狗的書店，讓聽聽也沾染了文青氣息。

＊＊＊

般咸道是香港大學所在，也是我以往每天上學必經之路。帶聽聽在此漫步，有如返回學院時代。當年趕著上課，鮮有閒情沿校外石牆漫行。有一天早上遛狗，從興漢道東閘走到黃克競樓西閘，偶見一隻小松鼠在高牆上疾走，那是自己於牆內數載也未曾發現之驚喜。

但更難忘的一次，是二〇一八年五月，帶聽聽道別鄧志昂樓外的兩株古樹。對港大學生來說，鄧志昂樓牌坊甚是傳奇，因碑上University中的U字被刻成V字，於是引來一堆鬼故（如曾經多次掛上U字也跌下云云）；及後歐遊，才知悉拉丁文U、V通用，鬼故只是因無知而衍生。然而，我一直未有細看牌坊上的兩株細葉榕——直至某日地政總署以樹有倒塌危險為由，拉大隊前來宣判死刑，揮鋸斬樹。當日，牌坊外停泊了幾輛工程車，對面馬路則有前來抗議的舊生和街坊，綁在大樹身上「古樹有情」的標語，份外怵目。

見山書店

香港大學一帶

當局之所爲，固然有其安全考慮，但是否有更文明、更尊重歷史、更愛惜生態的做法？這亟待商榷。不少報道均指出，樹木辦之做法極其草率，未有諮詢有關小組的大部分專家，而負責視察的人員則連「風險評估表格」亦未有攜帶。此外，港大物業處早幾年前曾向當局提出對樹木保護之建議，以纜索圍繞兩樹，並繫緊於斜坡，可是當局從未理會。

於百年樹人之所，百年老樹竟遭快刀斬亂麻之手段連根拔起，實在不無諷刺。重看聰聰與古樹斷椿之合照，比前文提及目睹大樹爲颱風山竹所毀時更感難受——後者只是天意，前者卻是人爲。

＊＊＊

堅尼地城是港島的最西端。科士街有全港最壯觀的樹牆，於十九世紀末已形成。樹牆的起源，據說是因細葉榕果實特別受雀鳥和松鼠歡迎，牠們吃掉榕果後的排泄物帶有種子，遺留在石牆縫隙內，新的榕樹便萌芽長出，而幼小的根鑽入石牆吸取水分和營養，長出鬚根，包裹了整片石牆。如今，多株細葉榕的氣根沿牆垂下，盤根錯節，像一張不斷擴張的網，又如波洛克的抽象畫，其生命力之頑強，令人驚詫。

樹牆是香港極具代表性的景觀，其中位於般咸道的一幅，曾被當局輕率破壞，至近年才奇蹟地長出新枝，重現生機。而這堵科士街樹牆，於港鐵規劃車站時亦曾險有不保之虞，幸好在環保人士四出奔走下，才得以完整保存。

向海邊走，是堅彌地城新海旁，是香港少有構築於海堤邊的道路。沿此路可直通卑路乍灣海濱長廊，觀賞日落景致。海旁不乏歡迎寵物的餐廳，其中一家的老闆娘特別愛狗，狗狗在餐廳裡是貴賓，當聰聰來到，她便會把一隻尋回犬公仔放在我們的桌上以示歡迎；更有狗狗專用的雞胸肉大餐，聰聰每次必定大快朵頤。記得有一晚聰聰留到打烊才走，與小孩和伙記們在店內團團轉，非常瘋狂。後來聽老闆娘說要結束生意，彼此談起時局，她更咬牙切齒，如今想來，尤是感慨。

從東至西，聰聰伴我們走遍小島的每一角落。在我們的生活紀錄裡，也穿插了有關這個城市歷史和生態的種種——這些都是有了聰聰以後，因爲得以放慢腳步，才慢慢學會關注和觀察的。

可以說，聰聰是我們在這個城市的導遊。

踏足西環裝卸碼頭，不過這裡自 2021 年 3 月開始已被封，無論狗狗或市民也不再能自由進入了。

古樹有情。
（攝於香港大學鄧志昂樓被斬掉的老樹前）

最上方的「西尾道」路牌，屬於香港最早期「英泥雙框 T 型路牌」，樹立於約 1910-30 年代。這種雙框款式路牌，目前全港僅餘不多於十個，極具歷史價值。

「很厲害的大樹公公啊！」
（攝於域多利道樹牆）

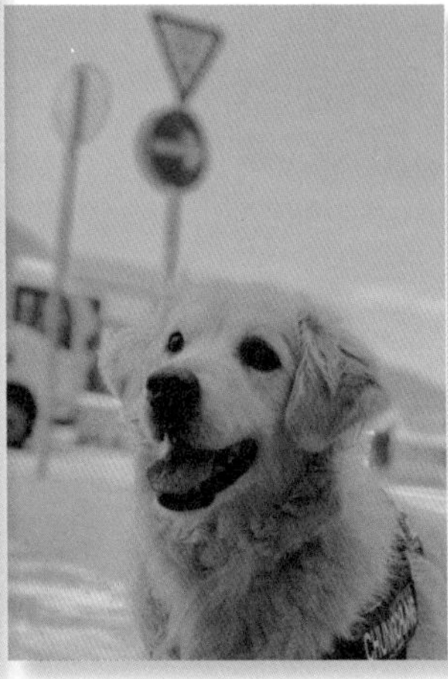

小島西端的夏日風情。
（攝於堅彌地城新海旁）

好陡斜的山道行車天橋。

十五・尋找廢堡與界石之旅

爲了俯瞰小島之美，我們常常上山頂去。

建築古雅的「太平山餐廳」側，是盧吉道之入口，沿此路走，便是環繞山頂一周的山徑，前半是盧吉道，後半是夏力道。此路又名「爐峰自然步道」，相傳曾有一個紅香爐漂流至銅鑼灣一帶，村民認爲乃天后顯靈，故把海灣稱爲「紅香爐港」，久而久之成爲港島別稱，而島上最高峰自然就名爲「爐峰」了。

山徑築有棧道供人鳥瞰香港全景，在上世紀三十年代更有「仙橋霧鎖」之美稱，是舊時香江八景之一。我們每到此處，總愛憑欄遠眺，指指哪裡是自己的家、哪裡是念書的學校，這是到訪山頂時，讓我們對香港最具歸屬感的時刻。

步道樹影婆娑，沿途尚有小瀑布，秋風送爽時最宜漫行；途中亦有小公園，故平日晨運客與孩子亦不少。此處有一座英式大宅，二〇一三年時業主曾申請改建爲酒店，旋即引來逾萬市民簽名反對，及後大宅升格爲「一級歷史建築」，得以保留，可見此步道與市民連繫匪淺。

當到達步道中段，乃盧吉道和夏力道之交界處，另有一支路名爲克頓道。我們尤愛從這處下山，比起重回山頂廣場之熱鬧，此路可謂曲徑通幽，這是穿過龍虎山前往半山區之路。

太平山山頂
爐峰自然步道

克頓道

龍虎山是港島觀鳥熱點，四季均有鳥蹤，清晨傍晚尤盛：小葵花鳳頭鸚鵡、紅嘴藍鵲、紅耳鵯、北紅尾鴝、灰背鶇、鵲鴝等都是常見物種。

走了不久，便見松林炮台，它於一九〇五年落成，戰時用作防空；一九四一年十二月八日，香港保衛戰爆發，日軍在開戰後便出動轟炸機加以空襲，最猛烈一次更連續炮轟四小時，駐守之皇家炮兵團第17防空營最後只好被迫棄守。今日已成廢棄碉堡，爲槍迷野戰勝地。

這裡除了破舊營房外，其中更有一片幽靜的草地，大有元曲中「秦宮漢闕，都做了衰草牛羊野」之意境。通常我們到達此處時，已日薄西山，人跡稀疏，於是解開狗繩，讓聽聽拋開束縛，盡情奔跑翻滾，追逐飛碟或網球。我們則安坐長凳，發思古之幽情，聽聽彷彿成爲廢墟中那牛羊。這是除筲箕灣配水庫外，聽聽另一喜愛的草地。

離開廢堡下山，多走十分鐘，會在右邊地上發現一塊石碑。此時我讓聽聽在它前方擺好甫士，連拍多幀照片，途人多不明所以，一塊石頭有甚麼好拍呢？石碑爲四方柱體，頂部呈錐形，高98厘米，上面只刻有「CITY BOUNDARY 1903」字樣。熟悉香港歷史的朋友，馬上便知道這是大名鼎鼎的「維多利亞城界碑」（City Boundary Stone），是港英政府於一九〇三年爲劃定「維多利亞城」（City of Victoria，卽現今港島西北岸的中西區至灣仔區一帶）的界線範圍而設。從界碑之分布，市民可想像香港開發之初的城市規模。本來有紀錄的僅存七塊，但其中位於馬己仙峽道的一塊卻於二〇〇七年無故被移走了，至今下落不明；

盧吉道小瀑布。

山頂公園。

花園道山頂纜車站後面的小徑，活像明信片裡太平山下的勝景。

昔日的松林廢堡，現在已成為狗狗的好去處。

而後來於二〇二一年十二月，突然傳來喜訊，於一周內接連新發現三塊，全城歷史保育人士無不雀躍，並急切呼籲政府必須盡快把這九塊界碑列為法定古蹟，以免歷史再遭湮沒。

我們曾打趣地說，這數塊石碑就像「七龍珠」，如果聽聽都集齊了，說不定能召喚神龍實現願望——不知聽聽會許甚麼願呢？大概還是「開罐罐放題」之類吧。其中有些界石位置較偏僻，始終無緣一至，但最終聽聽也「收集」了其中四塊——除了龍虎山克頓道這塊，還有堅尼地城西寧街、薄扶林士美飛路、跑馬地黃泥涌道的三塊。本來位於寶雲道的一塊也容易收集，而且這盤繞灣仔半山的步道也景致絕佳，宜於漫行，只是考慮到時有變態歹徒於該處布下毒餌殺害狗狗之新聞，以致我們一直未敢前往，殊為可惜。

「巴拔叮囑千萬不可在這石碑前尿尿，因為它是『維多利亞城界碑』，是香港重要的歷史見證物。」

繼續「收集界碑」行動：堅尼地城西寧街。

這幾塊石碑，在一般人眼中也許平凡，但對香港歷史卻是如此重要，能在日常路途上發掘這樣珍貴之風景，不啻是從小趣味中尋獲大意義。

這短短一程下山的路，只花一個小時左右，便彷彿走進時光隧道，讓人回顧這小城之草創，以及當年人們拚死保衛的歷史。常言道，香港是個善忘的城市，其過去常被有意無意地丟失；然而，只要張開眼睛，這城的身世其實烙印在散落四周的一磚一瓦中，只待我們細意撿拾。

西西在描述香港舊區的《店鋪》一文中，引述了馬奎斯「萬物自有生命，衹消喚醒它們的靈魂」一語，正是此意——這也是舊制會考中文科課文（香港中學會考中文科原設二十六篇指定範文，自二〇〇七年起取消）的課文，當年無知，稍覺枯燥，如今重讀，才明白把《店鋪》列入課程的深意。

然而，誰的眼睛最爲善察呢？我們牽著聰聰漫行，但從另一角度看，其實是牠引領我們走向室外的大世界。每次發掘新的路線，就如尋幽探秘，順著牠好奇而靈巧的大眼睛，我們認識了自然界更多草木，見識了更多的古蹟和人文風景。與聰聰走過的旅程，正是一本小城遊記。

過了界碑不久，便離開山徑，抵達旭龢道。那裡屹立了香港另一重要歷史建築——香港大學的山上入口，校長府第亦座落於此，我念研究院時，便循此路返回宿舍。現在每次經過，總想把聰聰牽進去懷舊一番，讓聰聰一沾書院氣息，只可惜香港的高等學府與康文署做法一樣，嚴禁動物內進，惟有望門興嘆（現時有些大學更設閘機，連一般市民也拒之門外）。

再往下坡走，是屋蘭士街、列堤頓道、巴丙頓道，此一帶正是張愛玲於《傾城之戀》所記白流蘇於日軍攻打香港時滯留之地，在鋪天蓋地的轟炸中，她終於等到范柳原折返。現時這一帶仍有不少舊時風格的白色洋房，驟眼看來，歷史猶如在刹那間凝住。

直至走到商店林立的般咸道，我們和聰聰才重回人間煙火。

尋回散步時光——與金毛犬聰聰一起成長、漫步小城，直到老老去！

追憶戰火中的《傾城之戀》
屋蘭士街、列堤頓道、巴丙頓道

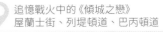

王力古漢語字典
台南
默默向上游
鄭寶鴻
香港電車
彩色香港
1940s-1960s
香港的地名與地方歷史

MEOW TRAM
EST. 1904

尋常貓狗一家親

// 看過電影《我和尋回犬的 10 個約定》，其中一個約定就是——「請記住，你有你的工作、娛樂和朋友，但我就只有你」。因此，不少人養狗後，都會減少夜生活，因為要盡早回家遛狗，這也是養狗令主人生活更健康的一大原因吧。//

十六・温柔的照顧者們

在狗狗的日常生活中，有些地方會定時前往。

聽聽每月會去一次寵物美容店，目的當然是洗澡。簡單的洗澡，平日會在家進行，但爲了深層清潔屁股，「擠肛門腺」此一絕技，還是寵物店的哥哥姐姐比較在行。此外，每年也會簡單剪一次毛，最初我們以爲長毛狗要在夏天剃毛散熱，後來看資料才明白厚毛原來有隔熱及隔紫外線之效，剃毛反而易令狗狗曬傷；不過因爲聽聽皮膚常常發炎，所以獸醫還是建議夏天潮濕時可稍爲剪短。

起初，我們也擔心把聽聽留在陌生的地方，牠會否感到害怕？加上寵物店正是牠當初被遺棄之地，所以第一次把聽聽留下在美容店，在離開店子後，我們還是偷偷折返店外，鬼鬼祟祟地偷看牠的反應。不過聽聽是一隻「粗線條」的狗狗，除了我們離去時嗚嗚兩聲，很快牠又安之若素，乖乖伏在地上等候泡泡浴；而且遇上美容師請牠吃零食，牠更發揮「有奶便是娘」的本色，對人家千依百順了！

聽聽曾光顧過三家寵物美容店，每一家的美容師也很喜歡聽聽，也許俊男魅力眞的沒法擋吧！有時美容師會爲聽聽拍些滿頭泡泡的出浴照，節日時又給牠送漂亮的領巾，好好裝扮一番。每次接牠回家，把牠緊擁入懷時，聰聰總是散發著嬰兒般的爽身粉氣味，毛髮乾爽且滑不溜手，不禁要埋頭深深嗅一嗅那好聞的味道——因為聰聰屬油性皮膚，此時不聞，不久又會回復油膩了。

不過，聰聰也有搗蛋之時，有一次牠洗完澡閒極無聊，竟偷吃了店裡一條大肉腸。我趕到後，只好急急道歉，並為牠的大餐埋單。

* * *

每次聰聰去寵物店洗澡，逗留不過是兩、三小時，而如果需要入住狗酒店的話，便要度過多天。每當我們出外旅遊的日子，都只好把聰聰暫託在狗酒店。我們光顧過兩家狗酒店，兩家都非常盡責，讓我們免除旅途上的擔心。我們會定時收到聰聰的照片，有些是在每天的遊戲時段拍的，每當看見牠認識了新朋友，我們也感到安慰，這些照片也成為旅程中的另類調劑。

記得第一次我們依依不捨地把聰聰暫託在狗酒店，回港後接牠時，店員姐姐牽著牠從房間走出來，牠從遠處瞧見我，便立即像脫韁野馬飛奔過來，人狗抱作一團，牠更肉緊地騎上我的腳，與電影中戀人久別重逢並無二致。不過，也許聰聰頗享受住酒店的感覺，也知道我一定會回來帶牠回家，所以其後幾次，當我旅行後來狗酒店接牠時，牠竟在姐姐轉身離去時，緊緊跟隨其後（這種容易適應環境的性格，固然是被遺棄小狗的本能作祟；但換個角度看，

尋回散步時光——與金毛犬聰聰一起成長、漫步小城，直到老去！

當然也反映了店員們確具愛心）。我更曾「慘食檸檬」，有一次迎接聽聽時，本已擺好架勢俯身張臂，預備把牠一擁入懷，不料牠跑出來後卻懵懵懂懂好一會兒後才撲上我身上，看來分離日久，已認不得巴拔了，當時的我眞是好不尷尬。

＊＊＊

但聽聽最常「幫襯」的地方，還是獸醫診所。

聽聽看過不少醫生，但自從定時陪貓弟弟薑光仔針灸以來，Denise姐姐就成了聽聽的家庭醫生，甚麼奇難雜症也是找她。Denise姐姐風趣鬼馬，不拘小節，往往一見面便以宏亮的聲線高呼：「喂，聽聽，今次又怎麼了？」她隨即席地而坐，與聽聽擁作一團，猶如久別重逢的老友，然後才開始爲

「巴拔來接偶回家了！」

「偶在狗酒店認識了許多新朋友呢！」

聰聰細心檢查，難怪「病人」在她跟前絕無焦慮，看來她與動物溝通別有心法。

能找到一位真心愛動物、把診症視作樂事的醫生，可算是聰聰的幸運。Denise 對鸚鵡情有獨鍾，甚至領養了一隻有焦慮症的鸚鵡，牠會把自己的毛咬下，身上變得光禿禿的，而為了照顧牠的情緒，既是主人也是醫生的 Denise，上班時也把牠帶在身邊。牠站在她肩上的情景，令人印象深刻。

聰聰不抗拒到獸醫診所，也是我們的幸運——眼看有些狗爸媽要用盡九牛二虎之力才可把狗狗拖進診所，相反聰聰平日路經診所時，即使沒病也總是躍躍欲進。除了多得醫生的溫柔，也要感謝護士哥哥姐姐們的體貼，有時更請聰聰吃些茶點（這才是最主要原因吧～）。

在聰聰光顧過的幾家診所裡，姑娘們總是很記得牠——這隻一進診所便興奮得團團轉，到處討吃撒嬌的傻狗，確是得人歡心；何況粗線條的牠從不怕打針（也許因為皮夠韌），診症時任由醫生姑娘擺弄，也從不發脾氣。「逆來順受」，就是聰聰的美德。

聰聰算是一隻健康的狗，病痛不多，出入診所的原因，多數都與金毛尋回犬這品種的通病有關。首先，是腸胃不佳，何況聰聰特別貪吃，我們遛狗時雖已打醒十二分精神，但有時總會在神不知鬼不覺的情況下給牠有機可乘，偷吃了地上的髒東西。狗狗一旦拉肚子，善後的工作實在令人頭痛。曾有一次拉了在家裡的地氈上，簡直是大災難！幸好看到有關家居清潔的書籍，提到可用白醋加梳打粉反覆擦洗染污部分，讓污垢隨醋滲走，果然有效，污漬盡

牽回散步時光——與金毛犬聰聰一起成長、漫步小城，直到老去！

除。這次受教了，之後當然一發現聽聽肚子不妥，我便二話不說收起地氈。

但聽聽眞是一隻乖狗，曾有數次，牠也在家死忍，待一步出家門或大廈門口，便立即「山泥傾瀉」，簡直如水銀瀉地。但有時一出樓層走廊牠便忍不住，須趁鄰居未發現之前以九秒九的速度清理和消毒案發現場，否則便非常尷尬。因此，每當聽聽腸胃發病，便要多帶牠上街解決；如遇上班日子，我便趁午膳時急趕回家遛一次狗，下班後又立即回家再帶牠外出解決。

而「芒果事件」，是聽聽遇過最嚴重的一次腸胃事故。聽聽大約十歲時，拉肚子漸趨頻繁，多次就診仍未根治，連照超聲波也看不出所以然來。記得那天照超聲波，醫生用探測器用力地在牠的肚子上「碌來碌去」，我則在旁幫忙抱著牠，大半個小時牠也毫無抱怨，實在懂事。最終，醫生決定跟牠做一次內窺鏡檢查，需全身麻醉，結果，醫生發現聽聽的胃內有異物，用鉗將之夾出來——竟然是烏黑油亮的一大塊芒果核！一看之下觸目驚心，它在小小的肚子裡不知已滯留了多久？

我們事後回想，大概是上街時路邊有些水果檔，檔主可能把快爛熟的生果以膠籃放在地上平價出售，而聽聽便趁路上人來人往、我們一不留神時，以迅雷不及掩耳的速度鯨吞放在地上的芒果，卻不懂把核子吐出，於是貪吃成禍。終於得知引起聽聽腸胃不適的原因，我們總算舒一口氣，慶幸牠並非患上甚麼重病。不過，話說回來，這次事件也提醒我們，帶聽聽外出時必須更加小心謹慎。

至於金毛另一通病——皮膚敏感，聽聽亦不能倖免，有時在家也不免看到牠用腳搔癢，但幸好不算嚴重。有一次剛好是夏天，天氣濕熱，聽聽毛髮油膩，於是醫生建議不妨把牠的毛髮剪短一些，我們這才發現金光閃閃的厚毛底下竟長滿了斑點般的紅疹。

除了這些老毛病，聽聽其他病痛不多。較奇特的一次，是帶牠去洗澡時，寵物店姐姐發現聽聽的耳朵腫起了，狀若水餃。後來經醫生診斷，說這是「耳血腫」，在大耳朵狗狗（如金毛和曲架）當中甚是常見，起因是狗狗自己因痕癢而大力甩頭，導致耳朵微絲血管爆裂，血液蓄積耳殼而造成。在清除瘀血後，須固定耳朵，以壓迫方式減少耳內空間，以免血液再次累積。看完醫生回家之後，手巧的馬麻特別縫製了一個毛線耳箍，不過所謂「你有張良計，我有過牆梯」，聽聽總有辦法甩掉耳箍。醫生警告，如果用耳箍再不成功，恐怕便要出動恐怖的方法——在耳朵釘鈕扣！幸好不久之後聽聽的耳血腫快速消退了，也許牠也害怕釘鈕扣的醜怪模樣吧！牠的耳朵也曾因此而萎縮了好一會兒，幸好有長毛遮掩，並不顯眼。

有時看醫生卻是因爲打架惹禍。聽聽雖乖，卻仍有倔強之時，在街上與其他狗狗狹路相逢，若遇挑釁，一言不合，便大打出手。其中一次，是遇上一隻啡色狗狗時發生，當時我也不太在意，豈料回家後馬麻驚叫：「怎麼聽聽身上有三個牙齒孔？」還有一次，就在獸醫診所門外，聽聽遇上另一金毛熟客時突起爭執，聽聽的鼻子給咬損，雖很快便給止血了，但黑黑的鼻子上留下了數條傷痕，變得像一隻花菇。

然後，數算最大的工程，便是十一歲那年的白內障手術，不過這也是狗狗自然老化的通病。至於金毛尋回犬有兩種更嚴重的遺傳病——髖關節退化和癌症，在聰聰的晚年時都不幸患上了，出入診所自然更頻密，這留待最後再談。

在此，要特別感謝所有寵物護理和醫護人員，他們對動物付出了無比的愛心與耐心。回望過去，聰聰蒙受如此悉心照顧，我們實在感恩。

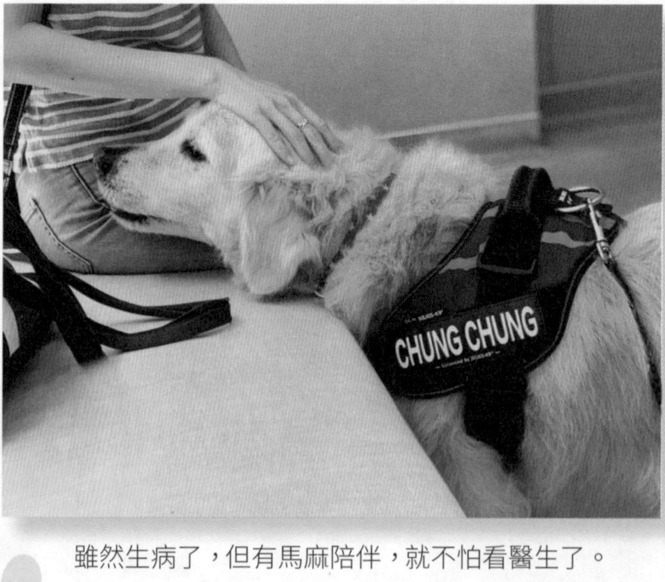

雖然生病了，但有馬麻陪伴，就不怕看醫生了。

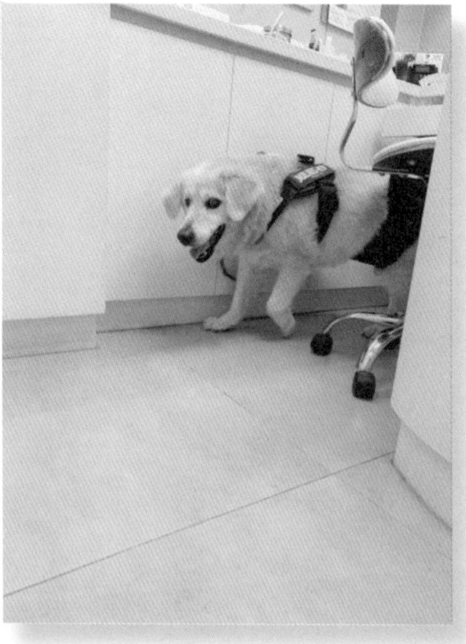

巴拔：「聽聽，你這樣在診症室跑來跑去，一點也不像有病的模樣呢。」

禍從口入——這就是從聽聽胃裡鉗出來的東西！

乖乖地戴上花花頭罩，雖然生病了也好可愛耶～

因為耳血腫，耳朵要包紮起來呢。

十七・在家千日好

常言道「在家千日好」，讓聽聽最感安心的地方，應該還是窩在家裡的時候吧。

家中生活尋常，可記的事不多。對狗狗最理想的居住環境，當然是一個偌大的後花園，然而絕大多數香港家庭均難有如此優渥的居住條件，聽聽亦如是，只能夠做一頭宅居於公寓大樓中的城市狗。我們在筲箕灣的居住單位面積不大，遷往炮台山後稍寬敞一點，但仍不足以讓聽聽大步跑動。相信不少香港狗主對此也甚覺內疚，只好多帶狗兒逛街嬉戲以作補償。

聽聽在家的活動，不外乎吃、玩、睡。吃是一天兩餐，再加許多小食，或咬咬骨頭。本來有一段日子轉吃鮮食，那時我們每天下班，便趁街市收檔前趕去買餸，番薯、南瓜、雞肉、牛扒等等，豐盛得很。無奈聽聽的肚子不太爭氣（尤其是芒果事件發生過後），常對鮮食敏感，所以後來還是轉回吃乾糧和罐頭。

玩方面，礙於地方淺窄，布偶公仔便是牠的良伴；當然，對狗狗來說，公仔的存在意義不只是玩伴，更是探索和實驗的對象——尤其內裡有發聲裝置的，定會發揮其尋根究底的本性，把它咬開，加以解剖。多年以來，給咬爛的公仔不計其數，但有時我們不忍丟掉，於是馬麻又利用她的巧手，把公仔重新縫好，當然公仔的臉和身不免留下長長疤痕，猶如科學怪人。聰聰的公仔玩伴有熊本熊、哥斯拉、熊貓君、波波羊等，還有長達十年總陪伴牠入眠的長頸鹿，沾滿其口水氣味，而它竟然一直完好無缺，只是耳朵部分給咬穿了一個小孔而已，看來聰聰還是懂得分辨不同公仔的地位。

至於睡覺，有說成犬每天最少睡十二至十四小時，聰聰正是一條到處可睡的狗狗。當然牠有固定的狗床，位於睡房，晚上會與我們同房休息，但牠有時深夜會無緣無故溜出大廳睡在地板上，也許是怕熱吧。我們遷往炮台山後，特意為睡房那扇門安裝一道活動狗門，好讓牠能自由進出。

讀者也許會想，金毛尋回犬毛髮這麼柔順，抱著牠入睡必定很舒服，就像抱著毛公仔般。我也經常把聰聰抱上睡床，然而我還是要在此戳破大家的幻想。首先，聰聰的毛髮一點也不柔順，是我見過眾多金毛中最粗糙的——不過，靚仔即使髮質欠佳，也不影響其吸引力吧。其次，聰聰總是不安於位，每次抱牠上床不足十數分鐘便會兀自彈起，嘘嘘喘氣，像是有甚麼要求似的，此時惟有把抱回狗窩，同眠大計從未成功。

如果想抱著牠躺臥，只好在梳化上。我們是任由牠跳上梳化的，而聰聰似乎也很懂事，雖偶有在梳化上抓一、兩下，但從未把它抓破。我喜歡抱著聰聰看電視，一起觀球賽、吃乳酪（牠最愛舔我杯中吃剩的 yogurt，有時整個杯套了在鼻子上，煞是有趣），那是最佳的天倫之樂。後來，聰聰年事漸高，已跳不上梳化，地氈便成為牠最愛的地盤，我亦轉為坐在地

尋回散步時光——與金毛犬聰聰一起成長、漫步小城，直到老去！

氈上，與牠並肩度過看電視的時光。

除了狗床和梳化，聽聽每天躺臥最久之地，該是大門前了。主人終日上班，忠心的狗狗整天伏在門前，苦苦等待巴拔、馬麻下班回來，這種百無聊賴該不好受吧。看過電影《我和尋回犬的10個約定》，其中一個約定就是——「請記住，你有你的工作、娛樂和朋友，但我就只有你」。因此，不少人養狗後，都會減少夜生活，因爲要盡早回家遛狗，這也是養狗令主人生活更健康的一大原因吧。

當然，對於聽聽這個「世界仔」，我曾懷疑牠是否整天只是窩在梳化睡覺，計算好時間後，在我們下班回家前才伏在門口，假裝已苦候多時。我甚至動過安裝閉路電視的念頭，當然最終還是作罷——若發現牠眞的寂寞，固然於心不忍；但若發現我掛念牠多於牠想念我，則又自討沒趣了。

直到某一天，聽聽的生活再次起了變化——有弟妹在家陪牠了，那就是貓弟妹們。

「巴拔起床啊！再不起床就遲到了！」

巴拔馬麻不在家，只好悶悶的咬骨頭。

抱著長頸鹿公仔呼呼大睡～

偶的毛公仔朋友們。

十八・薑光仔

馬麻喜愛貓，常上網看貓照片，偶然在社交網站發現了「香港群貓會」這個組織，巴拔便提議：「不如去做做義工，親親貓貓吧。」

「香港群貓會」的會址位於土瓜灣唐樓內，住了許多貓貓，有些是被棄養的，有些原本在街頭流浪而被發現生病了或處境危險，於是給義工帶回貓舍。義工們很多都有正職，公餘時來到貓舍，幫忙鏟屎鏟尿、清潔貓籠、洗滌毛巾、餵食斟水等；更具挑戰性的，莫過於給一些有長期病患的貓貓餵藥，又或爲無法自行進食的患病貓貓以針筒餵飼、打水，義工們不時因貓貓掙扎而給抓得傷痕纍纍。有時更會遇上突發情況，如貓媽媽臨盆生下一窩小孩，需要逐隻餵奶、保溫等等，勞動完畢，往往已近午夜，此時大家才有半刻空閒，可以用貓棒撩撩貓兒玩，抱抱貓兒，那是貓舍最溫馨的時光。不少本來病得奄奄一息、餓得瘦骨嶙峋的貓貓，來到貓舍之後，得到了義工們的悉心照顧，後來都長得肥肥白白、毛色光亮，靜待有心人領養。

不過，也不是每隻貓貓都有尋得新家的運氣，當中患有長期疾病的貓貓，因照顧甚花心力，總較難獲領養者垂青，尤其患有傳染病的，例如 FIV（Feline Immunodeficiency

Virus，即「貓免疫缺陷病毒」），俗稱「貓愛滋」，不少人聞之心驚，但其實此俗稱具有誤導性，實則上絕不會傳染人類和非貓科動物，如家裡本無貓貓，其實領養無妨。

此外，有些貓貓純粹因爲年紀較大，或毛色不夠漂亮，又或流浪已久，甚至曾遭虐待而對人類懷有戒心，於是乏人青睞，默默苦候多年，由年輕待至老邁，結果於貓舍終老……

幸福不是必然。而我們家裡的第一隻貓咪，即聰聰的第一位貓弟——薑光仔，本來就是貓舍之一員。

群貓會有一獨特的姓氏系統，如全橘色姓「薑」，全黑色姓「鄔」，全麻色姓「陳」，麻色中多白姓「馮」，三色貓姓「楊」……箇中取姓的原理不詳，大家不妨參與群貓會的活動，親身問問義工們，但每隻貓貓均有名有姓，則絕對是尊嚴的體現。

光仔的臉特別圓，像隻小熊，眼珠滾碌，形狀卻像鳳眼般略向上翹，而且橘子色毛髮光亮輕柔，像一個剛熟的蜜柑，嫩紅的鼻上有些斑點，成爲個性的標記，單從外表看，根本就是一位美男子，一定是領養者的「搶手貨」，然而，光仔卻久居病貓區域，乏人問津，令人心生疑竇。

不久，我們發現光仔的貓籠上給貼了一張紙條，寫著「飛機仔」。我們感到好奇，便問其他義工，初時知情的義工故作神秘，只著我們細心留意光仔的特別舉動，疑團後來解開了——原來光仔有一怪癖，就是精力旺盛，喜歡把玩自己的「小雞雞」。一般貓貓會進行絕育手術，但因爲光仔患有癲癇，無法施打麻醉針，故未有絕育。也許因先天患病的緣故，光仔的眼神帶有一種獨特的「天然呆」。義工之間，更一直戲言光仔「蠢蠢哋」，覺得牠的智商有點低於正常。

不過在我們眼中，光仔眞是太可愛了，於是進一步打探牠的身世。原來最初是由「貓隻領域護理計劃」（卽透過「誘捕、絕育、回置」的方法以人道方式減少街貓數量）的義工在元朗餵貓時發現光仔，見牠患有貓流感，於是把牠帶回家治療，待病情好轉後，再交由群貓會照顧。可是，光仔由貓流感引起的癲癇症始終無法痊癒，會定時復發，只好以藥物抑制。此外，感冒亦導致牠的右眼損傷而留有疤痕，初時義工誤以爲光仔弱視，故給牠起名曰「光仔」，寄望牠長大後得到光明。

在群貓會的待領養網頁內，有光仔一幀著名的「哥斯拉」照片，緣起於牠因病需要長期服藥，而更不幸的是牠同時患有嚴重的口腔潰瘍，故服藥時極痛，每次餵藥，都會痛苦慘叫，而且身體都會僵硬伸直，活像一隻直立的小怪獸。這滑稽舉動的背後，其實是牠可憐的身世。而每天需要餵藥苦戰，正是一般領養者對長期病患貓咪卻步的原因。

群貓會本身的義工如領養貓咪，一般不會選那些年幼漂亮親人的，反而會選些滄海遺珠（說穿了便是「倉底貨」），原因不言而喻，這既是憐愛，也是承擔。馬麻在群貓會義務工作了一段時間，感到是時候領養一隻了——而很明顯地，緣分一早已爲我們作出了安排，我們第一時間想起的，便是光仔。

二〇一五年二月二十一日，薑光仔正式入室，成了聽聽的第一位貓弟。

在決定領養光仔之前，貓會義工和獸醫也曾表示，光仔可能活不長久，不過我們當時一腔熱血，也沒顧慮那麼多。其實我們未曾養過貓貓，最初以爲餵藥並不是太難的差事，後來才發現每次餵藥光仔都會痛苦掙扎，過程殊不容易，令我們頗感挫敗，幸而後來發現只要把苦藥磨成粉灑在罐罐上，光仔便會照吃如儀。當然，牠的其他奇難雜症——口腔腫痛及牙痛（由此又引起口臭問題）、經常噴鼻涕（灰黑色一大條甚至有時帶血），也曾經令我們苦惱不堪，但神奇的是，第一次帶牠針灸時，牠竟然乖乖的受針，這對於每次被餵藥也極力掙扎的貓貓來說，眞是咄咄怪事！在此尤要感謝 Denise 醫生和 Wing 姑娘。自從進行針灸療法，牠的抽筋狀況也漸漸受到控制了。

慶幸的是，光仔在家裡跟聽聽相處融洽。聽聽是一頭有臭脾氣的小狗，然而，當光仔爬上聽聽身上，牠竟毫不生氣；光仔在家怪叫疾走時，聽聽又會

一餵藥光仔就變身哥斯拉！

識趣地讓路避開；光仔霸佔了聽聽的床倒頭大睡時，牠又會忍讓地睡在一旁。雖然貓狗倆不算如膠似漆，但有了光仔這傻弟弟，是聽聽生命中的一段奇遇。

七月，光仔發生了最嚴重的一次抽筋，需入院數天。出院甫回家，牠便大發脾氣，跳上床拉屎撒尿，害得床褥即使清洗後氣味仍久久不散——此事以後，馬麻反而經常誇讚牠說：「都說光仔不笨！牠也懂發脾氣，叻仔！」這確是光仔唯一一次在家隨處大小便，可能，牠眞是故意的。

可是，那次大抽筋過後，雖然吃睡如常，但牠的反應似乎變得更遲緩了。直至十月中，輕微嘔吐了一、兩次後，沒太大食欲，結果又再入院。驗血後，醫生說抽筋藥在血液中含量太高，懷疑光仔的肝臟有先天問題，可能是一種很罕見的「肝門靜脈分流」(liver shunt)狀況，以致分解不了毒素，這也有可能是光仔抽筋症的成因。於是，醫生給光仔轉服另一種抽筋藥。到了十月二十一日，姑娘說光仔終於肯進食了，也有幾次尿尿，那一刻我們眞的鬆了一口氣，喜孜孜地帶了一大包餅餅去醫院探光仔，那日正是重陽，探完光仔還帶了聽聽去「金毛馳貓徑」散步。當時還滿以為光仔很快便會出院，可以繼續每天說關於光仔與聽聽的笑話……

豈料當晚午夜，醫院急電，說光仔情況急轉直下。飛奔到醫院時，看到光仔癱軟無力、兩眼反白，明明幾個小時前看來已有好轉，怎料一下子，醫生卻說牠未必捱得過當晚。我們在醫院待至凌晨三點多，姑娘說無論如何我們要離開醫院了，只好回家等候消息。當時只想：會有奇蹟的，要勉強迫自己睡一睡，翌日要有體力面對任何情況。不久，曙光亮起，電話一直沒響過。好了，堅強的薑光仔撐住了，一定可以大步跨過，當時還這樣以為。

照常回校上課，但口袋破例開著電話，每有響聲都心裡一震。不知是否天意，這天碰巧教授關於父女情的《我的四個假想敵》一文，備課時我已計劃好播放一首歌作引入，歌詞是這樣寫的：

「看見這心肝小寶貝，樣貌像西瓜那樣甜，面又像西瓜那樣圓，嘴巴小眼亦圓……」

當歌聲響起的同時，我心裡已經知道，我即將永久失去光仔這小寶貝……

這一節課完結不久，便收到動物醫院打來的電話：

「不能離開氧氣箱。沒有甚麼可以做。是否考慮打針送牠離開……」

匆匆向學校請假，再來到醫院時，看到在氧氣箱中的光仔睜大著眼，卻不停喘氣，小鼻子一如往常地噴著鼻涕波，我在牠身邊，一直喚著：「光仔、光仔……」並告訴自己：「光仔仍然在頑強的撐著……」

這傻孩子知道我來了嗎？其實光仔一向不太喜歡被摸，一摸牠便會「咿」一聲慘叫閃開。但平日牠會繞著我的腳來團團轉，也常跟著我入廚房、廁所。光仔喜歡我嗎？我不肯定。患有癲癇症的牠，表情從來也是呆呆的，反應比一般貓遲緩。牠不太懂跳，舐手時會舐空數下才舐得到，不時發出奇怪的「嗯」聲。唯一的興趣是踏踏棉被，或者一下一下的踏聽聽的床。我只好天眞的代入牠的角度，假設牠說：「巴拔，我不是不喜歡你，我只是有一點點笨，一點點驚驚青青。我知道你來了，我會努力的生存下去，我也想回家啊。」

那大毛毛呢？如果我帶著聽聽來，可以喚醒光仔嗎？我當然知道不行。實際上，光仔喜歡聽聽嗎？我也不知道。牠倆好像很親密的照片，其實只是偶然發生的畫面，有時甚至是我惡作劇地趁光仔熟睡，把牠移到聽聽身邊來拍照。「光仔愛大毛毛」，也許只是我一廂情願的幻想吧。「巴拔，我會堅強的，我還要回家跟大毛毛玩喔。」在病榻面前，我只可以一邊喚著光仔，一邊這樣想像著。

幾番折騰，我決定把光仔轉移至另一家設有專科的醫院，但那是一場賭博，因爲半小時的車程內，假如光仔有甚麼狀況的話，也沒人能給牠急救。躺在氧氣箱中的光仔，牠仍然撐著那倔強的眼神，也依然喘著氣。

終於到達另一家醫院。腦神經科醫生指著醫療桌上的光仔說：「連最基本的反射反應也沒有了，朝著眼睛打擊也毫無閃避，應該是腦幹接近失去作用了，不會多於二十四小時。現在不是探病時間，但你們可以稍稍陪伴牠多一會。」

離開醫院，沿途全是寵物店。「還未買士多啤梨床給光仔啊！」馬麻哭著，只好拖著她

形影不離兩兄弟。

「光仔，一起望鏡頭笑吧！」

「光仔給偶按摩，真乖。」

這幀光仔雙眼睜得圓圓的照片，好像很可愛，卻其實是一次突發抽搐後拍攝的，瞳孔放大是抽搐後的生理反應；至於還披著毛巾，是因為病發時需以毛巾包裹加以保護。

針灸中的光仔 —— 光仔從不怕針針，是勇敢的好孩子。

尋回散步時光 —— 與金毛犬聰聰一起成長、漫步小城，直到老去！

走，一直走到一個小公園，坐下，靜待夜幕的降臨。公園裡孩子在嬉戲，但沒有小貓的蹤影。我們知道，這是最後一夜。

七時多，醫院來電著我們趕回醫院。回到病房，光仔躺在醫療桌上，包裹著毛巾，吸著氧氣。醫生說心跳漸慢了，體溫漸低。雖然已過了探病時間，但醫生准許我們繼續留守著。這是難熬的一夜。光仔的生命已一點一滴的耗盡，這是鐵一般的事實。側臥著的光仔，已經不再是兩夜之前那酣睡中的「小熊胖臉」。曾經這麼飽滿的生命，怎麼會一夜之間完全枯萎？臉蛋都凹陷了，尤其因爲不能自控地流口水，兩頰本來蓬鬆的毛都黏著了，顯得更消瘦。

我想起一個星期前下葬的柏雨。柏雨是群貓會另一隻小貓，全身給滾油燙傷了，受創傷後一直包著紗布，但牠堅強得厲害，每天忍痛讓義工爲牠洗傷口，卻從沒有半點脾氣，仍很乖、很黏人。可是最後牠還是撐不下去。上周六看著棺木上的柏雨，那是我一生中首次正視著死去的動物，豈料短短一個星期之後，眼前的光仔，竟如此接近這個模樣。

光仔只有兩歲半。我們把領牠回家的一天定作牠的生日日期。二月二十一日，本來打算爲牠開一次盛大的三歲生日會。到時，我們會給光仔戴上帥氣的帽子，桌上排著美味的罐罐，更少不免像玩鞦韆般的舉起牠來拍照，然後牠一定會發出奇怪的「咿、咿」聲表示：「討厭！」薑光仔總是會這樣說，牠是一頭脾氣古怪的貓。拍大合照時，淘氣的聰聰定會攝在正中搶鏡，光仔則一臉不爽的模樣，還有豎起牠的飛機耳。——然而，這一天永遠不會出現。

光仔的下腹，因爲照超聲波的關係，毛髮給剃去了，露出的白皮膚嫩滑得像個嬰兒。整個晚上，我們可以做的，是輕撫著光仔柔軟的身體、冰凍的耳朵、漸無血色的肉球，不停的喚著：「光仔、光仔……」——光仔終於肯讓我們撫摸了。「巴拔、馬麻，我不是不喜歡你們摸摸，我以前只是太笨太驚青，但現在我不會了。」光仔爲甚麼一直不肯閉眼？牠是要告訴我們這些嗎？牠有未了的心願嗎？牠還想多踏大毛毛的床一會嗎？而我們，已經知道不用再鼓勵牠撐著了。我們告訴牠：「上彩虹橋後，記得告訴人家你叫薑光仔，不要只懂笨笨的說『討厭、討厭』，還要記得告訴人家你是來自群貓會的，去找柏雨和其他貓朋友玩。到了那兒，便會有很多罐罐吃，也不用再抽筋了。」

那是二〇一五年十月二十三日，清晨六時二十分。終於，醫療桌上那像在襁褓中的小嬰孩，牠心跳靜止了。薑光仔兩歲半，來了我們家共八個月零兩天。

護士把光仔的遺體移至一個冰冷的小房間，讓我們跟牠共度最後的半小時。然後，踏出醫院，已是晨光普照的時分，送馬麻搭車上班後，我再折回醫院，再在光仔旁邊守候多一會，直至寵物善終人員接牠離開。我把一小撮光仔的毛剪下來，用小透明膠袋載著。我在光仔耳邊輕聲唱著：「看見這心肝小寶貝……」，還未唱完，善終人員便來了，他用毛巾把光仔裹著，輕輕的放進膠箱。

目送車子遠去後，我也步出醫院。天空很藍，陽光很燦爛，是光仔已經返回天上了嗎？

＊＊＊

光仔的告別式，群貓會不少義工朋友也出席了，大家一邊看著屏幕上循環播放的光仔生活照，一邊聊起牠的趣事，又哭又笑，場面感傷而溫馨。聽聽也出席了，當工作人員抬出光仔的遺體時，牠傻傻的把頭靠過去，輕輕嗅聞了幾下，大概對弟弟酣睡而冰冷的身軀，產生了奇特的感應吧。

儀式完畢，我們一手牽著聽聽，另一手按下按鈕，光仔便「颼」的一聲，乘坐太空船，回到喵星去了。

光仔告別式後的第一個周末，我們帶聽聽重遊「金毛馳貓徑」，到了山徑的最高處，只見陽光刺目，天空無邊蔚藍。我們仰望浮雲盡處，放聲高呼：

「光仔，你在這裡嗎？你過得好嗎？」

積壓在胸中兩個多星期的鬱悶，總算釋放出來。

不久，我們收到群貓會出版的新一年月曆，其中一頁便紀錄了光仔與聽聽的故事，聽聽也因此成了首隻在群貓會月曆出現的狗。這實在有趣，我們都笑了，人生就是這樣苦中有甜吧。

十九・小津

光仔離開後，我們決定給自己一段傷感的期限，之後再到群貓會領養一隻貓咪，為聰聰再添一個貓弟妹。我們曾打算領養患有FIV的貓貓，不過獸醫和貓會義工朋友也勸我們先領養一隻健康的，畢竟FIV貓貓一般壽命較短，不想我們在短時間內再抵受貓貓病故的傷痛。

後來馬麻在貓舍與一隻本名為「馮德倫」的一歲小貓相遇（「馮」是群貓會給「毛色偏白、夾雜麻色斑紋」的貓所定的姓氏；至於名字，也許是有義工因為牠的樣子帥氣，便以英俊男星之名給牠命名吧～）。

至於牠的來歷，根據群貓會網頁，是義工在屯門住處附近發現的流浪小貓，乖巧可

二弟小津。書桌上的其中一本書，就是牠名字的由來。

尋回散步時光——與金毛犬聰聰一起成長、漫步小城，直到老去！

摸，只是怕牠年紀尚幼會遭受意外，便帶返貓會。

馬麻對這位帥哥一見鍾情，於是決定帶牠回家，不過巴拔卻不太喜歡牠原本的名字（或者他妒忌那位男星娶了自己喜愛的女星吧～）。一天，巴拔呆望著從前光仔愛在上面打瞌睡的書桌，視線落在一本名叫《小津》的書上。那是有關日本名導演小津安二郎的專書，小津的名作如《東京物語》、《晚春》等，溫柔敦厚，情意含蓄而濃重，是巴拔敬愛的電影大師。於是，他靈機一觸，新的小貓就叫「小津」吧。

小津滿身雪白，四蹄踏雪，尾巴、背部和頭頂花紋呈麻色，其中額頭斑紋分布均勻，活像古代日本女子的黛眉。這樣一位恍似從日本漫畫走出來的花樣少年，配以富有東洋感的名字，實在最適合不過了。巴拔還特地到日本百貨公司選購一條繡有和服圖案的繩子，交由馬麻改裝成頸圈，隆重其事的去迎接新的開始。

二〇一六年八月二十七日，「馮小津」正式入室，成爲我家的三弟。

相比患病的光仔，小津精靈得多，初來甫到便常叼起聽聽的「哥斯拉」公仔，跳上沙發自己玩；又偶爾用小手輕敲聽聽的鼻子，或會把聽聽終日搖晃的尾巴當做逗貓棒，有時抓住、有時嗅聞，難得聽聽並沒反感，也許聽聽自知是大哥哥，對小弟弟要多加禮讓吧。

但上天總是喜歡開玩笑。小津入室不足一個月，我們已察覺牠的精力不若起初那麼旺盛，於是立即帶牠去見 Denise 姐姐。

記得那天是中秋節，白天尚要上班，下班後五時多匆匆帶著小津趕到診所，本來一心打算看完醫生便速速回家，一家四口吃晚飯過節。但等待到驗血結果出來，已經是晚上七點了。診所只剩下我和馬麻，寂靜得很，外面已經華燈初上，而手持燈籠往維園賞月的人潮漸現。

豈料檢查的結果，牠患上了 FIP（貓傳染性腹膜炎，Feline Infectious Peritonitis），這屬於絕症，貓貓感染以後極少能活多於一年。或許小津幼時流浪已染了病，只是待此時才病發而已。醫生解釋病情後，不禁嘆了一口氣，而我們在毫無心理準備下，猛然承受了突如其來的重擊，一時間不能言語。籠中的小津不知就裡地喵喵叫，令診所氣氛更顯靜默，與門外的喜氣洋洋劃成兩個世界。

中秋佳節本來象徵團圓，我們卻開始倒數著分離的日子。

本來計劃晚飯後帶聰聰到鰂魚涌公園賞月，結果那晚我們一直只呆坐在家裡的客廳中，說不出一句話，聰聰沒癮地伏在地板上，小津則不知就裡地在沙發上爬來爬去。

我們安慰自己：本來最初打算領養患病的貓貓，結果不正是求仁得仁嗎？這也許是天主安排的使命，而既然悲觀無補於事，我們只好振作起來。中秋翌日的假期，我們鼓起精神，告訴聰聰要歡天喜地的去追月。

餘下的日子裡，我們還算能夠沉著應對。一個多月來，我們眼看著小津日漸惡化，那是不能不慢慢接受的事實，從中我們倒鍛煉出了一種負隅頑抗的堅強，想小津也是如此堅忍地

尋回散步時光——與金毛犬聰聰一起成長、漫步小城，直到老去！

作戰吧。

由不願吃貓糧，到連小食脆脆也咬不到，到日漸消瘦，終日躲在暗處睡覺，到拉肚子，以至失禁，最終只肯睡在砂盤裡……由這麼潔白、嬌矜、高傲的一隻貓，到最終無法自理而滿身骯髒，相信小津也已經耗盡氣力了。

到最後幾天，我們深知離小津回喵星的時候不遠了，心裡只默默禱告，但願牠去時沒那麼痛苦。這倔強的小貓，苦苦支撐，捱到了進家門兩個月的紀念日，才昂然的宣告：

「喵～巴拔、馬麻，小津很榮幸有這個家，但我眞的要離開地球了。」

二〇一六年十月二十七日，小津在馬麻的懷抱裡安詳離開。

我們與牠兩個月的緣分，至此暫時告終。快樂很短，思念卻很長。可以說，小津一生中精神活潑的日子並不多。牠也有在家亂跑亂跳，繞著貓棒團團轉，以及拉聰聰的尾巴，搶聰聰的哥斯拉和波波羊——但實際上只限於入室的頭幾個星期。其後牠睡得愈來愈多，更開始失去食欲，每晚強行餵食和餵藥，都是一場場令人心酸的搏鬥。有時，會出現一些病情好轉的錯覺，例如離開前的星期天，小津竟施展久違了的本領，把波波羊叼了上梳化玩，我於是立卽舉起手機，爲小津拍了一張漂亮的照片——也許牠鼓足了力氣，就是爲了留下自己最美麗的一面吧。

偶們永遠在一起。

霸氣的小津，好像正在訓斥聽聽。

「小津，偶的尾巴可不是逗貓棒喔！」

小津強搶了聽聽的哥斯拉公仔！

我們與牠共處的日子實在太短，只有僅僅六十天。

本以爲還有許多趣事樂事迎接我們，但尚未來得及記下，已頓成泡影。有時午夜夢迴，懷念小津，腦海裡儲存的影像卻屈指可數；隨時日如飛，有時連僅餘的印象亦漸漸模糊，那才是一種說不出的酸楚。然而，每次凝視小津的肖像，這位英俊、單純而稚氣的三兒子，我們也在內心默念：「你永遠是我家這塊拼圖中不可或缺的一塊。」

小津的告別式在牠離去翌日便舉行了。這次我們沒有邀請親友，只希望安安靜靜的陪小津度過最後一個鐘頭的時光。

那晚，我們帶聽聽上山去，當晚夜空澄澈，有一顆特別閃亮的星星——這就是傳說中的貓星吧，小津應該已經飛抵那裡，會合光仔二哥了。

人生縱使無常，但只要凝望那像一雙雙貓眼睛的閃爍星空，我們的心也就舒坦了。

二十・小竹與小桐

小津離開以後，聰聰和我們又過了兩年沒有貓貓的日子，因為家中仍有好動的聰聰，也不算特別寂靜，何況光仔和小津本來就是安靜的貓。然而，不復見那大搖大擺的貓尾巴，和自來自去的靈巧身影，家中總覺缺了甚麼的。有時我問聰聰：「沒有貓咪陪伴，你寂寞嗎？」牠卻只是噓噓喘氣，笑而不語。

兩年後，我們遷居至炮台山。既然是新開始，於是勉勵自己：「再試一次吧！」

這次依然是從香港群貓會領養，但貓兒並非來自貓舍，而是自嬰兒時期便暫託在義工家中的一對小貓。牠們是對孖生姊妹，姐姐本名「陳 Pancake」，妹妹本名「劉 Souffle」——「陳」姓在群貓會系譜中屬於麻色虎紋貓，即最常見家貓毛色；至於「劉」姓則屬麻色偏黃。另外，同胎還有哥哥「花 Macaron」（「花」是黃白貓咪的姓）。

據說三兄妹是在粉嶺的貨櫃場出生，被發現時只得兩星期大，貓媽媽則不見蹤影了。橘色的 Macaron 哥哥毛色漂亮，早就被領養了，只剩下兩個妹妹因毛色尋常，足足一年也未獲人垂青。於是，馬麻便選上這對一歲姊妹了。

說起來，Macaron 也是命途多舛。領養牠的那一家人，本已養有一隻橘貓，而

牽回散步時光——與金毛犬聰聰一起成長、漫步小城，直到老去！

Macaron入室後，據說是與原有的貓相處不順，而後來又不知發生了甚麼事情，那家人最後還是把Macaron退回了。不知因何，Macaron回到暫託家庭後，性情大變，由本來平易近人，變得脾氣暴躁，而且與其他貓常生摩擦，終日只願黏在暫託媽媽身上，要她抱著不放。最終，暫託媽媽便決定把Macaron收作自家貓了。這個故事，可幸仍是happy ending，然而這類「二次被棄」事件在群貓會屢見不鮮，有時人類的責任感實在叫人存疑。

說回我們的孖妹。巴拔有個奇怪原則，不喜以食物爲寵物命名，大概嫌太普遍吧，於是爲貓兒起了新名字，姊姊Pancake更名「小竹」，妹妹Souffle更名「小桐」。竹、桐二字，其實源自馬麻小時居住的屋邨大廈，當然也別具深意。

公主小桐，喜歡躺在睡床上。

文青小竹，最愛與書本為伍。

兩姊妹一時糖黐豆，一時水溝油。

小桐：「偶與聰哥哥的歲月靜好。」

小竹：「偶不是要打哥哥，偶想拍拍他的肩而已！」

聰聰：「竹妹又霸佔偶的床，真的氣炸了！」

「天寒翠袖薄，日暮倚修竹」——竹是高風亮節之象徵；而「鳳凰非梧桐不棲」，桐亦代表高潔與堅貞。人們總愛爲兒女起個意義深遠的名字，我們沒生孩子，不過一對美麗的貓女兒，與這兩個優美的中文字也絕對相襯吧！至於二字分配給誰，倒是有些隨意，初入室時，Pancake 較纖瘦，故配以「一碌竹」之名，Souffle 則順理成章分得「桐」字了。豈料後來小竹身形發脹，以致名實不副，那是後話。

孖女並非誕生時立即被發現，所以誰姐誰妹，也只是由我們定義。小竹面型圓圓，大眼睛炯炯有神，一臉嚴肅而性情冷靜，甚有大姐風範；小桐眼瞼略爲下垂（曾被義工譏爲「死魚眼」），一副楚楚可憐之相，而且個性膽小驚青，一聽到門鐘聲便急急躲於窗簾背後，的確較似妹妹。個性上，小竹粗枝大葉，在沙盤解決後只敷衍了事；小桐則愛乾淨，埋沙極具耐性，也花大量時間爲自己理毛。

而一如不少故事的定型，妹妹往往較刁蠻嬌縱——小桐表面上愛黏家姐，老是鑽進家姐窩裡逼得緊緊地睡，閒來也喜歡舔舔家姐身體，狀極親暱（小竹則懶於替妹妹舔毛），但一轉頭就加以挑釁，張牙舞爪，把家姐打得落荒而逃。也許小桐視打架爲姊妹間的親密遊戲，可惜小竹並不領情，常躲於一角逃避野蠻細妹，兩姐妹總是在捉迷藏。

二貓亦有各自的「角色設定」（當然出於我們的擬人化）。小竹有「博士」之外號，喜以巴拔的書桌和音響爲地盤，喜歡磨蹭書本、唱片等硬物。在我們的設想裡，牠應該是文青一名，已經識字，而且讀通了巴拔的書，有一次更在電腦上輸入了一串「竹竹竹竹竹……」字，大概是向喵星發出訊息（當然牠只不過是貓爪剛好按住了H鍵吧～）。

還有一次，巴拔在播貝多芬《命運》交響曲唱片時，熟睡中的牠給「登登登凳」的隆然巨響嚇了一跳；而自此以後，牠竟像愛上了古典音樂，每逢巴拔一播唱片，例必跳上音響上洗耳恭聽（大抵是貪機身發熱讓牠感到溫暖吧～）。馬麻常打趣說小竹最愛的男人除了巴拔，便是貝多芬。

至於小竹，綽號則是「公主」，睡房是牠的地盤，尤其愛躺在馬麻的衣服上，也愛被鋪、絲巾等一切柔軟物的表面，終日伺機鑽進衣櫃，間來則跳上梳妝枱搗蛋。而小桐的身手亦比小竹敏捷，彈跳靈活；小竹有時欲跳上高處卻會失手絆倒，狀甚狼狽，也許因為愈吃愈胖所致。

至於聰聰與兩位妹妹的相處，則似君子之交淡如水。小竹、小桐自幼一起長大，形影不離，有牠們自己的世界；不像光仔或小津，單獨一貓，只好與大狗「相依為命」。小竹、小桐與聰聰此龐然大物初次見面時，不算驚恐，小竹更曾對聰聰施以貓拳，加以試探，豈料發現聰聰毫無威脅，一如老虎識破黔驢技窮，便大感無癮，不加理會了。從這個角度看，小竹的「貓性」似乎較強，相反小桐一點也不怕聰聰，常在聰聰開飯狼吞虎嚥的當兒，穿過聰聰的胳膊下，守在狗兜旁邊，甚至把頭伸進去，務求分得餘唾。馬麻常取笑牠是「小狗阿桐」，而

牽回散步時光——與金毛犬聰聰一起成長、漫步小城，直到老去！

且吃了聰聰的「口水尾」，長大後就要嫁給聰聰了。

聰聰與竹妹、桐妹日常交集其實不多，皆因姐妹們只有緣相識聰聰於其暮年，聰聰已不若年青力壯時，有大量精力與貓玩耍，在家大部分時間也是倒頭大睡，最後半年更行動不便。

然而，卽使只屬相敬如賓，但貓狗能夠和平共處同一屋簷之下，到底仍是充滿愛的世界。我們慶幸在聰聰的最後歲月中，有竹妹、桐妹相伴，不愁寂寞。

這就是聰聰與貓弟妹們的故事了。身爲四隻小貓的大哥哥，聰聰應該感到很自豪。

夕陽無限好

// 我們慶幸能及時把握時間，讓聰聰臨終前享受了無拘無束的光陰，躺臥在溫柔的小草上，呼吸著鮮甜的空氣。在太陽映照下，聰聰的樣貌仍是那麼英俊，那麼孩子氣，老態並不明顯，實在令人感到神奇。//

二十一・理想的社區：炮台山

我們於二〇一八年五月搬往炮台山，這年聰聰十二歲。

馬麻從前已不時到訪此區。她愛貓，經常前往英皇中心地庫有名的「森記圖書」。森記被稱爲「貓書店」，不過店長陳小姐強調：「這是一家書店，不過有貓相伴而已。」

進了森記，如入寶山，架上的書本密密麻麻，由地面層層向上蔓延堆疊，仿若阿根廷作家波赫士（Jorge Luis Borges）筆下的「通天塔圖書館」。當你在店中尋寶入神，常有貓咪會在你腳邊磨蹭，你想蹲下逗牠玩玩時，貓兒卻又如一陣風飄走；也有貓兒會臥在矮書架上睥睨著你，你想撩牠說話時，牠又隨即閉上眼睛打盹，一臉悠然自得，「睬你都傻」。

因爲貓，讓這位於地庫的書店，蕩漾著一股靈氣。店主陳小姐是一位健談而富正義感的人，愛書，也愛古典音樂。她讀過認爲好的書，書脊上會有她精心貼上的推介標籤；她愛與客人閒聊，聽她談談讀松本清張推理小說的心得，或評價荷洛維茲的鋼琴技藝，都令人受益不少。一次，她攤開兩本記錄抗戰的史書，是國軍將領回憶錄的新、舊版本，對照之下，她發現在香港出版的這個新版內容被刪減甚多，感到萬分感慨，說時餘怒未消，這正正是一位讀書人對求眞的執著。

英皇中心地庫
森記圖書（「貓書店」）

至於店員Happy，是一位忠厚樸實的年輕人，對待客人細心，一次我想找《傅雷家書》不獲，但他竟念茲在茲，及後入得一本二手的八十年代三聯版，便立即致電告知。梁實秋曾在《書》一文中，描述北平舊書肆為客人蒐訪圖書，令人賓至如歸，大概森記正是如今碩果僅存保留遺風的一家吧。

聽陳小姐聊得最多的，當然還是貓——北野武（因面癱而得名）、伍先生、John、胡官、薯片、電兔、流氓、哥哥、秋得⋯⋯哪隻挑吃、哪隻爭做大佬、哪隻頑皮常竄進鄰家店舖，陳小姐如數家珍。有一次書店來了一箱沒了母親的貓BB，看她每一、兩小時便餵奶，還要換暖水袋保溫，簡直忙得不可開交，後來當中一、兩隻夭折了，令她黯然神傷，但談起其餘健壯的，她又難掩喜悅之情呢。

而每晚十一時商場關門後，她才展開更忙碌的工程——放貓開飯、餵藥、逗貓玩耍，儼如大派對。貓團團轉地嬉遊，人也繞著牠們忙得團團轉。此時她會播放悠揚的古典音樂。安頓好貓兒後，或可有空翻翻新到的好書，當然還要清潔地板和處理帳務。店務雖然繁重，但陶潛筆下「樂琴書以消憂」的生活，也大抵如此吧。

森記與客人的關係也異常濃厚，一次商場地庫水浸，森記亦遭殃及，我和馬麻聞得消息，攜同大疊報紙而至，卻見多位客人早已來到，正幫忙清理積水（貓咪則若無其事的～）。應該說，大家都不只是森記的客人，而都是朋友了。

尋回散步時光——與金毛犬聰聰一起成長、漫步小城，直到老去！

搬來這區之前，我們不時在附近街道閒逛，時見有人遛狗，氣氛諧和。馬麻便說，這該是一個對動物友善的社區，不如就搬過來吧，於是我們便遷家至此了。

＊＊＊

搬到新地方，當然要到處探索遛狗路線。早上，我們多數沿炮台山道上山，途中聽聽認識了許多狗朋友，首先是居於同座大廈的西摩犬毛仔，牠是極健談的男孩子，喜歡跳上對面馬路的長凳上曬太陽，一見聽聽經過，便立即展現笑容，高聲吠一下，就像老友打招呼：「喂，聽聽，一起散步好嗎？」，於是我們便過馬路，與毛仔一起同行一段。

攝於森記圖書。為免嚇壞貓貓，聽聽本尊其實從未踏足店內。

另一位西摩朋友仔是美女Snowy，牠總是佩著紅色的胸背帶，形象嬌俏。每次牠在遠處瞧見聽聽，總是情深款款地不住回望，想必是被聽聽的俊臉吸引，於是理所當然地，牠便被視爲聽聽的頭號女朋友。

除了西摩們，聽聽還結識了兩位很特別的小朋友，牠們都是暫託中的導盲犬ＢＢ，等待長大一點才受訓。極活潑

搬到新居，也有了新的遛狗路線。

每個家附近都應該有個秘密小花園。

「偶和毛仔老友鬼鬼，還是左鄰右里呢！」

暫託中的準導盲犬 Einstein。

踎完街邊食鍋貼，再來一杯咖啡，好一個麻甩文青的生活。

的小男孩叫 Eisenstein（愛因斯坦），斯文淡定的小女孩叫 Emma，都是拉布拉多幼犬。愛因斯坦實在太活躍了，一見聽聽會立卽飛撲——先前提及聽聽討厭別的狗狗騎在牠身上，但牠對ＢＢ狗卻一點脾氣也沒有，大概牠也有慈父天性吧。我們通常不敢讓牠倆嬉鬧太久，免得聽聽「教壞」愛因斯坦，害牠將來導盲犬考試「肥佬」呢。除了兩隻ＢＢ，導盲犬家族的大家姐 Deanna 也是居於炮台山區呢，牠現在已榮休了，《我是你的忠心ＧＰＳ》一書便講述了 Deanna 的事蹟。導盲犬爲人類服務，忠心而耐勞，願人們都善待牠們；當遇上牠們，更要遵守「三不一問」原則（卽不干擾、不餵食工作中的導盲犬、不拒絕導盲犬進入公眾場所；而當遇見視障人士猶豫不前時，宜主動詢問其需要）。

聽聽的「秘密花園」

聖米迦勒小學旁邊有一條小徑，盡頭是聽聽的「秘密花園」，綠樹環抱，有一座大滑梯，活像《叮噹》（卽《哆啦Ａ夢》）中大雄與友伴們經常留連的小公園。而小徑轉右可通往北角建華街，晚上我們會來探探聖猶達堂外面的貓貓，牠們都是流浪貓咪，但每晚有姨姨來餵食，總算受人關顧。鄰近的堡壘街有以生煎包聞名的小食檔；此外，亦有馬麻最熟絡的一家咖啡店，店裡有上好的手沖咖啡，更曾有爵士樂手在店內開音樂會，以及學者舉辦文化沙龍，店內擠滿雅好文化的客人，恍如巴黎左岸咖啡館的光景。我們有時就拖著聽聽在店外喝一杯，咖啡師哥哥姐姐全都認識聽聽，讓聽聽也沾染一點文化的氣息和咖啡的香氣。

城市花園一帶

近海的城市花園一帶是中產住宅區，黃昏後遛狗的人們紛紛出動，聽聽也認識了金毛三兄弟波子、當當和 Casey，已經十四歲而依然活潑的比熊犬ＹＹ，還有乖巧親人的西摩男孩子毛毛。聽聽與西摩犬特別有緣，毛毛一見聽聽便會高興得蹦蹦跳，然後連忙錫聽聽一啖，我們於是取笑聽聽到處留情。順道還可探望一下中醫診所的兩隻肥貓小白和妹妹，兄妹們晚上在店內留宿，小白常隔著玻璃與聽聽對望，不知牠倆有甚麼對話或情話？

再往東走便是北角碼頭，我們常帶聽聽在此遊船河，往九龍城、紅磡或觀塘消磨一個下午。再沿琴行街向南，橫越英皇道，便是幽靜的丹拿山區了。北角曾有「小上海」之稱，一九四九年後很多上海人逃難至此，包括不少文人，其中一位便是張愛玲。當年翻譯家宋淇居於繼園臺上，他曾邀張愛玲翻譯外國小說，故她常到宋宅作客。我們可以想像身穿旗袍、腳踏高跟鞋的她，捧著載滿稿件的公文袋，噠噠地步上繼園街斜路的畫面。如今繼園山上的舊樓陸續拆卸重建，只餘數排矮小唐樓，樓下的車房與五金店已陸續拉下鐵閘停業，山下更聳立如龐然大物的豪宅，只有石牆上的老樹依然頑強生長，樹下行人如常來往。

山腳曾有一家我們最愛的咖啡店，店前豎著一塊小黑板，寫著令人心頭一暖的隻言片語，隨時節而變換：「若無閒事掛心頭，便是人間好時節」、「又是涼的秋」、「願你知生命實在亦有些意外，它有無窮色彩，它有無盡的愛」、「無論雨怎麼打，自由仍是會開花」，每一天爲客人注入信念和力量。店外有戶外座位，粉綠色牆上懸著粉紅的花，地上擺滿盆栽，令人就如置身春天的花園。玻璃門上貼滿便利貼，全是客人的感言，馬麻也曾淘氣地畫了五個肉球掌印，寫上：「聽光津竹桐缺一不可」——它一直貼在原位，只是隨時日流逝漸漸褪色。店員都喜歡聽聽，尤其是一位正在半工讀幼師課程的姐姐，閒來總會過來逗逗牠。可惜，這家名爲「舒房」的小店已結業了，我們不時也惦掛著在那裡度過的人間好時節。

從城市花園往西走是油街一帶。「油街實現」是典雅的紅磚英式建築，前身是政府物料供應處倉庫，現改建爲藝術展覽場地，內有別致的小庭園，適合街坊休憩。「藝術館在民間」，本是讓市民親炙藝術的好構思，可惜這個由康文署管理的場地，動物則無緣親近了。有一次路過，突然下起傾盆大雨，我們急急牽著聽聽躉進入口簷篷下避雨。內裡的藝術行政人員很好心，拿著雨傘問我們是否需要借用；然而不久之後，康文署保安員隨即出現，欲把聽聽趕走，在大雨滂沱之下，這確是難以忘懷的遭遇。

屈臣道轉角有一家中藥店，黃昏時分，貓店長 Golden 便會走出店外，懶洋洋地臥在牆上石壁乘涼。聽說 Golden 與狗不睦，

「若有狗狗伴身旁，便是人間好時節。」──「舒房」是我們喜歡的咖啡店。

來到「油街實現」門前，可惜不准狗狗內進！

古色古香的繼園街。

「嘻嘻！偶成為了 #炮台山名犬呢！」

五金舖太子女黑白咪：
「金毛仔，有乜幫襯呀？」

藥材舖貓店長 Golden，可惜聽聽未有機會與牠拍照留念。

但聽聽每次經過均相安無事，也許是同色三分親？然而，後來 Golden 不幸遇害，據說清晨牠如常出舖外伸展，然後卻沒再回店吃早餐，及後被發現俯伏路邊，已經氣絕，其身上傷痕似被利器所傷，至今歹徒仍逃之夭夭。常說動物店長能融和社區關係，但近年變態狂徒虐殺貓狗個案日增，中藥店後來把其餘兩隻貓店長都帶返家中，不再敢帶來店了。之後，每次途徑曾有貓咪安然躺臥的街角，頓變空空如也，都不禁感慨生命之脆弱，天地之不仁。

＊＊＊

這便是炮台山。也許因爲聽聽常於區內出沒，不少街坊也認得這隻醒目的金毛尋回犬。臉書上有「我哋係炮台山，唔係北角」專頁，有次轉載了聽聽在地鐵站前綠色方格牆拍攝的照片，竟被 hashtag 了「#炮台山名犬」的標籤，讓我們與有榮焉。

炮台山，亦名爲「堡壘山」，早於一八七九年英軍於名爲 East Hill 的山頭上築建炮台（應該就是現在的炮台山道休憩公園，即聽聽那秘密花園），因而得名，山坡上的街道也因此命名爲炮台山道及堡壘街。「我哋係炮台山，唔係北角」專頁的版主孜孜不倦地向市民介紹這個小社區的歷史，而我們居於此地數載，亦深感這個社區的可愛。牽著聽聽行走在其大街小巷，鄰里間之親切，令人如沐春風。

後來，聽聽開始不良於行，需出動「戰車」行走。這段日子，我們更深深感受到炮台山的人情味。

二十二・推著戰車到處去

我把體重二十五公斤的聰聰抱起，像捧著一尊沉甸甸的佛像，小心翼翼的把牠搬進手推車的帳蓬內。聰聰有點不知所措，神經兮兮地發出「嗯、嗯」聲。

「聰聰，你現在有了專屬戰車喇，我們出發了！」我握著把手，推動戰車，乘客雖然不輕，但車輪很順滑，戰車漸漸全速前進。大概聰聰也開始感受到速度的快感，清風的吹拂，牠把頭伸出帳蓬外，東張西望，一臉好奇，大有顧盼自雄之態。

「聰聰，是不是很威風呢？以後不怕腳仔痛了！」

「髖關節發育不良」（Canine Hip Dysplasia, CHD）是中大型犬常見的遺傳性疾病，在我們認識的金毛尋回犬中，十之八九晚年都有此病。這些遺傳性疾病，可說是人類刻意培植純種犬之代價──人類為某些工作或審美要求，刻意強化狗的某種特徵，同時也放大了特定的遺傳病風險。；相反，混種犬──即我們常說的唐狗，則較少受遺傳病之苦，所以大家如領養狗狗，不妨考慮既健康又忠誠乖巧的「唐唐」吧。

聰聰一直有服用關節補品，但大概十二、三歲時，行動也逐漸緩慢了，不再願意追網球。踏入十四歲後，爬樓下那條斜路更覺力不從心。我們深知這是必然的衰退，於是讓牠開始接

尋回散步時光──與金毛犬聰聰一起成長、漫步小城，直到老去！

受物理治療，也給牠添置了不少輔助步行用品（有關老犬行動上的照顧，詳見下回）；而最終一著，便是使用手推車代步。

聽聽是中大型犬，承載牠所用的手推車自然體積龐大，但要找一輛大廈升降機容得下的，實在頗費周章。幸好在網上平台恰逢狗友出讓一輛，大小剛好，也可拆輪摺疊以節省空間，才解決了煩惱。此戰車的前主人是四歲鬆獅犬獅子，從前正好居於聽聽常到的繼園山上（不知那時曾否碰面呢？），獅子腿不太好，於是主人購來車子每天不辭勞苦推牠上山，後來搬了家，車便讓予有需要的狗狗了。獅子這輛座駕，車身乃迷彩綠帆布，恰好與聽聽本身已有的迷彩綠狗鞍配成一對。聽聽「繼承」了獅子的「戰車」，這也是狗狗間的緣分。

自此，聽聽每天坐車下樓，我們會把牠推至空曠地方，然後把牠輕輕抱下，再扣上輔助帶托著後肢，讓牠緩緩踱步。油街空地寬敞，本是老犬活動的不錯地點，但往往落地不久，便遭到康文署保安員的驅趕，聲稱那裡是狗隻不可進入的公園範圍。當你攜著一位一拐一拐的老人家，只求找片空地做些復康練習，卻走投無路，那感覺實在無比心酸。

幸好我們爲聽聽找到一條專用「跑道」，就是銅鑼灣消防局旁的海濱了。

這兒獨佔維港兩岸風光，而且難得地僻靜——從前已是每年攜聽聽觀賞煙花和除夕倒數的 best kept secret。我們多數黃昏出行，此時行人不多，夜幕漸漸低垂，避風塘尙停泊漁船二三，燈火徐徐亮起，其中一艘總是爐火熊熊，遙見大廚正在掌勺，甚具架勢，應該就是

銅鑼灣消防局旁海濱

聽聽的 best-kept secret——銅鑼灣消防局鄰近的海旁。

「天荒地老流連在摩天輪……」聽聽尚行動自如時遊遍了維港海濱。

坐在戰車上看維港夜景。

「巴拔帶偶來海傍看煙花！」

聞名遐邇的避風塘炒蟹吧！我們攜著聽聽施施而行，時維初秋，涼風颯爽，踏著刻意放慢的每一步；維港兩岸的廣廈千燈，從沒這麼真切和清晰。

「夜已在變幻，像鑽石燦爛，但也這麼冷；看千串霓虹，泛起千串夢，映著這港灣……」聽聽雖已步入暮年，步履蹣跚，但能陪伴牠走這最後旅程，我們倒不覺慘淡，反而感到難得的平靜和幸福。如你曾在行駛維園沿岸的雙層巴士上，瞥見海濱有此二人一狗悠然漫步的背影，我會告訴你：「這是他們最美好的時光。」

在聽聽還有氣力時，牠會由消防局走至「怡和午炮」(The Jardine Noonday Gun)附近，伏在地上休息一會，與夜景合照一幀，之後我們便抱牠上車回程。聽聽總是好奇地把頭伸出車外張望，我們則悠悠地推著車，共飲一支汽水，談論一下對岸哪幢大廈燈飾漂亮，或偶爾停下車來，讓迎面而來的狗狗與聽聽打個招呼，沿路再買飯盒回家。我們慶幸生活可以如此簡單。

＊＊＊

由於戰車龐大，出遊他區較難，故我們多了逗留在炮台山活動。有幸是找到京華道那家咖啡小店。宏安道是區內新興的食街，而轉入一街之隔的京華道，卻恍如進入了另一次元。那感覺不是荒涼，而是懶洋洋，恰如熱帶午後某一陰涼角落。街道的一邊被高聳的酒店和商廈遮擋，日光只微微透射進來；另一邊有幾間車房，偶爾傳來機器聲響。這裡還有一座破落多年、被俗稱「死場」的「富利來商場」，內裡的迴廊仍鋪著著八十年代風格的褐紅色瓷磚，曾經十室九空，但在這凝滯的氛圍中，曾有幾家小店進駐其中，一度有望成為區內文青尋寶之地；而地下也開了寵物店、雜貨店、洗衣店等，可惜小陽春過後似乎又回復沉寂。

我們第一次尋訪位於京華道的「Kickstart」咖啡店時，天忽爾驟雨大作，當年聰聰仍未需坐戰車，於是我們急急拖著牠鑽進簷蓬，不久便找到這家店子。濕答答的我們踏進店內，一室木牆與微黃燈光，頓時令人感到溫暖。屋頂的斜木橫樑，看來就像置身北歐小屋；牆上掛著各種電單車配件，如頭盔、坐鞍、後鏡，店外亦停泊著數架摩托車，可以推想這是鐵騎士們旅程途中之歇腳站，頓時又如身處《在路上》（On the Road）一書中美國荒漠的中央。

當時老闆戴著西部牛仔帽，沉默地站在櫃台老式收銀機後，老闆娘則安靜地沖著咖啡。

「請給兩杯熱咖啡，我們會和狗狗坐在外邊的座位。」

「這麼大雨，坐在外面恐怕撇雨呢，狗狗進來店內暫避也可以啊！」

老闆微笑回應，原來他一點也不冷酷。

那個下午，聰聰舒服地伏在木地板上，我們一邊呷著黑咖啡，一邊凝視簷前點滴的雨，任由時間緩緩流淌。這樣避雨，也是一種閒適。

漸成熟客，我們也與老闆打開了話匣子。店內有一台小型黑膠唱盤，老闆把陳百強的唱

尋回散步時光
——與金毛犬聰聰一起成長、漫步小城，直到老去！

片小心翼翼地放上，輕輕落下唱針，沙沙的唱片「炒豆聲」隱約傳來，嘹亮歌聲繼而響起：「再記起一些古老的心事，再記起心中一串開心日子……」大家時而側耳傾聽，時而隨便聊聊舊時的明星軼聞或各種小玩意，不經不覺唱片的一面已經播完。

過了一段日子，聽聽開始戰車生涯，幸得老闆樂意讓我們把龐大戰車停泊在店外，與眾摩托車同列。我們坐在店外座位，聽聽則悠然自得地在車上看風景，而且也認識了一位新朋友，牠是Zachary，又名「骰仔」，其身世可謂相當傳奇。

骰仔的主人也是店內熟客，她在外地旅遊時發現了流浪的骰仔，非常親人，於是毅然決定帶牠回家，不惜辦理重重手續，終於成功帶牠到港，後來更發現牠是罕見的西里漢姆㹴（Sealyham Terrier）。骰仔總是對

很有北歐風情的 Kickstart 咖啡店。

「偶的專用泊車位！」

「坐上偶的戰車兜兜風好嗎？」

坐在戰車上，終於可以進入「油街實現」。

「骰仔（上）、毛毛（中）和 Gelato（下），都是偶的好街坊！」

聽聽的戰車萬分好奇，對車內高高在上的聽聽頂禮膜拜，而聽聽自然非常受落。

這是一家熱鬧的小店，熟客們經常見面，且同聲同氣，往往圍坐「吹水」良久，話題當然離不開荒謬的時局，在這麼壞的時代，這是一種相濡以沫。對比有些人的醜陋嘴臉，善良的狗狗自然顯得特別美麗，所以大家都對聽聽寵愛有加，總是爭相出來逗牠玩，親切地問候牠的健康狀況。有次大家就在店外聊得興起，話興正酣，突然傳來異味，原來聽聽在車上便便了！幸好大家並不嫌棄，反而不禁失笑，而我倆當然第一時間忙著清理，好不尷尬。在最後數個月的時光，聽聽這麼幸運，能停泊在接納牠的港口，與一群愛護牠的好人相逢，這確是我們的小幸運。

然而，在聽聽離開後的一年，Kickstart 也宣告結業了。

還有一件事，聽聽由於坐上戰車，終於獲准進入「油街實現」一探究竟了，這是多麼優雅的社區文藝場地。一隻老狗由於不良於行，終於獲得享用的權利，這是慶幸還是諷刺？在小庭園內，下午五點的陽光撫摸著聽聽，牠這麼的舒服，一切又彷彿不再重要了。

「天意憐幽草，人間重晚晴」，小傢伙，且讓我們珍惜手中還擁有的一分一秒吧。

二十三・老犬的照料日常

自聰聰踏入十歲，倒數可說已經開始。我一直盤算著，要是有一天獸醫告知我：「聰聰只餘一年壽命……」我會怎麼辦？要不向學校申請停薪留職？要不索性辭工？只要上天給我一年時間，讓我每天廿四小時陪伴這傻孩子，我願意以千金交換。

二〇二〇年，一場世紀疫症來襲，弄得天翻地覆，人們亦開始在家工作的生活，自此以後，相信許多人對生活的概念已經徹底改變；而對我來說，祈求在聰聰晚年時晝夜相陪的願望，竟以這種形式實現了。

從二月到五月，全港停課，學校運作處於半停頓狀態，每周只有小量網課，而我的課恰巧都在下午。於是，每天起床，我便帶聰聰上寶馬山散步，一走便一個多小時。其時聰聰仍行動自如，只是步履稍慢。我們循天后廟道慢走，這是山上的豪宅區，只有三三兩兩的晨運客，在疫症時期算是不錯的遛狗路線。雲峰大廈對面有一小路，下山可直抵北角錦屏街，小徑通幽，佳木繁陰，恍如《格林童話》裡的森林入口，植有各種喬木灌木，花香四溢，有茉莉、桂花、九里香等，故名爲「香花徑」。聰聰在此拍了個照，可說是這段期間最漂亮的一幀，牠看來就像童話裡的精靈，雖已十三歲半，容貌卻永遠像個小孩。我一直把牠珍而重之。

回想這三個多月每早的悠閒漫步，是我和聰聰最親密無間的時光。迎面的過路人看來都木無表情，藏於口罩後是無盡的焦慮，唯獨聰聰母須被口罩所束縛，能盡情咧嘴而笑，大口大口的呼吸新鮮的空氣。這種靜靜的生活，但願可一直延續下去。

五月，疫情稍緩，學校復課，聰聰又回復每天清晨散步半小時，然後呆在家中苦候爸媽回家的日子。也許是因為生活時鐘一再被搞亂了（還是內心不滿表現在身體上？），聰聰生理上的明顯退化，正是於這時開始，第一個徵狀便是上文提及，牠不再願爬行斜路。要來的終於要來了，我們已做好準備，陪伴聰聰適應老年生活的變化。

幸運的是，暑假很快來臨，而其後疫情反彈，九月開學後大部分時間又是在家網課，在這黃金的半年裡，我們總算達成願望，做一對「廿四孝父母」，在聰聰老邁時經常守候在側，陪牠度過分分秒秒。這是天主給我們一家最大的禮物。

＊＊＊

以下談談照顧老犬的種種。

首先是行動上。老犬因為長期伏臥，以致起身時較為困難，建議家中鋪設防滑墊，有助牠起身時抓著發力，也避免行走時滑倒。至於外出，則以胸背帶代替頸帶，如有需要，宜配合輔助帶使用。輔助帶設有把手，用以承托狗狗下半身，為其後肢帶來助力。除此以外，物理治療也有助紓緩痛楚，改善機能，而聰聰也在七月開始了物理治療。

尋回散步時光——與金毛犬聰聰一起成長、漫步小城，直到老去！

其實聽聽一直有打補骨針和服食葡萄糖胺產品，亦有接受針灸和游泳，都是爲了保養關節健康。經超聲波檢驗後，牠的髖關節退化雖然不太嚴重，但長有骨刺，需展開一系列療程，當中得到醫生的悉心按摩、激光治療，也有用上瑜伽球作訓練，更有水療。

水療就是在水中跑步機內行走，藉水壓來增強關節和肌肉的能力，治療師爲聽聽穿上救生衣，把牠抱進池中。還記得聽聽置身於奇怪的玻璃盒子時，發現腳下的輸送帶突然移動，嚇得呆若木雞，此時我們惟有使出絕招——小食盒，在水中跑步機的另一端引牠前來，幸好聽聽雖然老了，但饞嘴本性不改，努力抬腿前行，訓練效果不俗。每次水療完成，抱著牠吹乾毛髮也花費近半小時，但能多抱緊這小傢伙多一會，也是樂事。自聽聽行動不便，每周一次的水療，便成爲我們最佳的周日活動了。

老狗的身體機能衰退是必經的過程，治療只是盡量把過程減緩，可是聽聽的衰退比想像中快。到了九月，外出時需要以手推車代步。不久，醫生更說牠已不再適合接受水療。最初仍可每天在空曠地方踱步一會兒，但直至十二月，其四肢已完全癱瘓。這雖然是很壞的訊號，但轉念一想，十一年來，四千多個日子裡，我們已陪聽聽散步八千多回，在香港上天下地不少好地方也遊遍了，還奢求甚麼呢？

剩下來可努力做的，是每天爲聽聽按摩紓緩痛楚。我們一直有爲牠按摩的習慣，只是手法不太純熟而已。一般來說，爲狗狗按摩有「觸、壓、掃、揉、敲」五式，如以指尖按壓眉心和額頭；又如運用全掌順毛髮往下揉搓，尤其是肩胛骨、後頸、背部、後腿等位置；此外，也可把後腿加以拉伸。網上有不少影片可以參考，大家不妨試試。就在一搓一揉之間，這傻孩子漸漸矇著惺忪睡眼，打起盹來。

其次，是大小便問題。大約十三歲開始，聰聰已出現控制能力變差的毛病。我們曾接獲大廈管理員投訴，原來聰聰曾在升降機裡神不知鬼不覺地丟了一條大便！幸好我們後來找到「犬便圈」（pootrap）這神器，其使用原理是以U形磁鐵吸附著膠袋，套在狗狗的尾巴下面，再鉤在胸背帶上，這樣膠袋便能穩穩的接住大便。起初我們對這屁股後掛著的奇怪袋子，也感到難為情，生怕路人取笑聰聰；豈料不少狗主路過看見均嘖嘖稱奇，更紛紛向我們探問如何購買這件法寶。也許狗狗的大小便問題，都是不少主人難念的經吧。

回想起來，能夠定時落街完成「大小任務」，原來也是一隻狗狗的福氣。十二月開始，聰聰已完全站不起來，這也意味著牠同時失掉了站起來大小便的能力。小便方面，只好以人手定時「放尿」，即擠壓膀胱，幸好不算困難，只是花掉許多尿墊。至於大便，如果腸胃好的話，其實即使躺臥家中，只要擺擺尾巴，便能排出，隨手執起輕而易舉；但假如腸胃欠佳，則是災難，尤其臨終前一個月聰聰多吃糊狀或流質食物，大便更「潰不成形」了。有時一覺醒來，已見聰聰的屁股陷於一灘爛便之中，人難免頓時崩潰，但世上無難事，只要熟能生巧，便可應付裕如。自此，每遇上爛便事件，我都第一時間取出大水盆，把聰聰沾滿糞便的髒屁股抬進盆裡，再用清水注滿小水盆來沖洗，如此反復清洗數次，再用風筒吹乾便可。但也會

尋回散步時光——與金毛犬聰聰一起成長、漫步小城，直到老去！

發生一次災難級事故——這怪傢伙不知怎的，半夜大解過後，竟不停挪動身體，結果一臉埋在大便裡面，更壓成「柿餅」狀！我一起床乍見那沾滿糞便的狗臉，險些昏倒過去！到底當日是如何把牠的臉逐步清洗，回復原狀？已經不太記得，但我肯定絕對洗得潔潔白白，因爲事後我們還是有親親牠的臉龐。

最後是飲食。以前我們一直打趣說，待聰聰晚年後，即管任性地讓他盡情大啖漢堡包或叉燒飯吧——但原來一切只是人類的一廂情願。自聰聰四肢癱瘓，加上吞嚥能力退化，漸漸只能進食糊狀食物，已對珍饈百味吃不消了。我們盡力把「糊仔」弄得美味一點，把三文魚或牛肉絞爛，拌進白飯內，用軟膠匙一口一口餵進牠的嘴巴裡。然而，由於聰聰吞嚥困難，每次只能餵食數匙，幸好當時在家上網課，每逢轉堂，我便可以立即餵兩小口，確保牠不會餓壞肚子，這又是疫情帶來的意外好處。這種狀況一直維持著，直至最後一個月，聰聰的胃口轉差了，但我們仍堅持定時逐少逐少的餵，而牠也總能乖乖地吃完大半碗飯；若說眞正拒絕進食，只有臨終前一天而已。聰聰果然是個饞嘴的傢伙，即使在最後的日子，仍樂意吸收滿滿的營養，向病魔奮勇作戰。

總括聰聰的衰老過程，就是自然的退化——早於二〇一九年初，發現口腔裡有惡性黑色素瘤，除非切除下顎，否則無法根治，不過獸醫說既然不影響生活，一動倒是不如一靜。到了二〇二〇年的夏天，行動力出現退化，十一月作例行檢查時，照超聲波發現有腎癌。十二月，開始四肢癱瘓和吞嚥困難，此後便是最難捱的一段日子。

這段期間，我們完全體會了為人父母「眠乾睡濕」之辛勞。但感謝天主的恩賜，整個二〇二〇年裡我們得以全天候照料愛犬，讓聰聰過著具尊嚴的晚年生活。

回首這三百多天，聰聰該是在巴拔、馬麻的陪伴中滿足地度過了吧，而我們也無憾了。

水療可以鍛煉關節及肌肉能力。

玩瑜伽波波。

辛回散步時光——與金毛犬聰聰一起成長、漫步小城，直到老老去！

二十四·最美的時光

「青草地，林蔭幽谷，溪澗旁，崇屹山嶽，
天將晚，偕主你結伴往……」

聽聽是綠茵上快樂翻滾的春天小狗，也是清溪旁的天主小羔羊。在牠的最後時光裡，只要一有空閒，我們便起程前往鰂魚涌狗公園或西九藝術公園，在青草地上度過每個陽光燦爛的日子，欣賞每個無限好的夕陽。

前往西九，雖較費周章，須電召能承載整輛戰車的客貨車，幸好有專門接送狗狗的服務，司機都細心有禮，疼愛狗狗，只需提早數天預約即可。對於老犬，司機叔叔都非常體諒，車上亦提供大量尿墊，只要鋪在座位上，即使狗狗途中偶然失禁亦易於清理。

來到草地，鋪上野餐墊，我們便把聽聽從戰車抱下來。

年邁的聽聽雖已欠缺力氣扭動腰肢翻滾了，但依然淘氣如昔，在草地上左右顧盼，對四周跑動的小孩子和狗狗充滿好奇，瞇著眼睛傻傻地笑；對小食盒裡的點心也依舊滿懷興趣，即使進食困難，仍奮力地吃下每一口。

鰂魚涌狗公園、西九藝術公園

雖是冬天，但天氣尚算暖和，在冬陽煦暖下，我們抓住每個機會為聰聰拍照留念，把牠緊緊熊抱。我們慶幸能及時把握時間，讓聰聰臨終前享受了無拘無束的光陰，躺臥在溫柔的小草上，呼吸著鮮甜的空氣。在太陽映照下，聰聰的樣貌仍是那麼英俊，那麼孩子氣，老態並不明顯，實在令人感到神奇。

踏入二〇二一年，一月中，牠情況變差，有幾天食欲不振，更要命的是尖尖的犬齒不小心咬破了下唇，傷口流血不止，幸得獸醫 Denise 姐姐教馬麻餵服奶粉，牠竟又神奇地恢復胃口與精神（只是多飲奶便易肚瀉，幾天之內巴拔沖洗屁股的絕技已臻化境～）。一月底，聰聰陪巴拔過了他的生辰，至二月中農曆新年前，一家更密密出動遊玩，單是西九草地已前往了四次。我總覺得，這半個月無憂的時光，已經是額外的恩賜。

可是，農曆新年過後，聰聰狀態再度下降。

年初八那天，牠仍能威風地坐著戰車陪巴拔、馬麻去飲咖啡，晚餐也吃了大半份。但到年初九，便開始進入昏昏沉沉不肯進食的狀況，到翌日凌晨，進入彌留狀態，但為時不過一小時左右，沒有悲鳴，呼吸不算辛苦。牠已穿慣了尿片，因此雖有失禁，也沒有弄髒身體，「質本潔來還潔去」，最終離開時仍然是一隻英俊的、毛髮順滑的、香香的金毛小狗。

那刻，我們知道時候到了，便輪流抱抱聰聰，吻吻臉蛋，掃掃背脊，摸摸肚肚，輕喚牠說：

「聰聰，快登上太空船了，不用擔心巴拔、馬麻和竹妹、桐妹，最緊要去找光仔、小津，

尋回散步時光——與金毛犬聰聰一起成長、漫步小城，直到老去！

還要告訴天主：偶有年年參加寵物祝福的。」

就這樣，金毛尋回犬聽聽，十四歲半，牠在人世間畢業了，此刻應已登陸在汪喵星的草地上，快樂地奔跑和翻滾，就如我們初識牠時那樣。

聽聽合上眼睛不久，時鐘一響，抬頭赫然發現——這天正是二月二十一日，那是薑光仔的誕辰。

我猜，聽聽一定早就計劃好了，要在這個象徵誕生的日子來向大家告別，好沖淡眾人的哀傷，並預告：愛必將以另一方式重生，相親相愛的一家，也必在天上重逢。

聽聽，從來都是一隻善解人意的小狗，是我家的開心果。回想陪伴聽聽的最後半年，雖然不乏疲累和狼狽的時刻，卻是一段無悔且滿足的旅程。

有說照料老狗最難捱的，是老犬因老年癡呆導致的日夜顛倒、晚間不住吠叫。不少照料者到此時便心力交瘁，不獨自己無法成眠，更惹來鄰居投訴，萌生讓愛犬安樂死的念頭。說實話，聽聽的最後一個月也常有這種狀況，當被牠的吠叫扎醒時，你無法詐作不知繼續蒙頭大睡，因爲：一、吠聲太持久太頑強；二、心疼。

此時惟有起床，摸摸肚仔、給牠轉身，或給牠飲啖水，以作安撫。但聽聽還是隻乖巧的小狗，即使有夜吠之需，也選在年假期間，是否因爲知道巴拔、馬麻翌天不用上班而可以補眠？

甚至牠最終離開的日子，竟在政府宣布疫後復課的前夕，難道牠是知道周一是復課之期？──

「巴拔、馬麻，偶知道偶老了，常常不舒服，帶給你們麻煩。偶不想你們上班後更加辛苦，不如就讓偶現在提早搭太空船找光仔吧！」我不得不相信，聰聰是隻有靈性的狗。

但若真如此，牠也未免太傻了。聰聰，有甚麼比照顧你來得重要呢？

而當年初九那天見聰聰極度不安時，本來已約了翌日見獸醫姐姐，也有預計醫生可能會提出讓聰聰打針離去，內心極度忐忑。孰知聰聰竟自作主張，早一日先行告辭，不讓我們面臨那令人難過的抉擇。記得獸醫姐姐說過，聰聰是一隻任勞任怨的乖狗，凡事默默忍受，無論針灸、打針、餵藥，總是不吭一聲，豈料牠連臨別時，也是如此體貼他人！

一念及此，心更加隱隱作痛。

尋回散步時光──與金毛犬聰聰一起成長、漫步小城，直到老去！

和煦的陽光暖暖地撫摸著聰聰，這是最美好的時光。

二〇〇九年，我在寵物店發現三歲的聽聽，一見如故，詢問之下，店主說有人帶牠來洗澡後沒有接走，牠當時骨瘦如柴，皮膚有病，嚴重護食，更只懂蹲下小便，故獸醫懷疑牠曾被長期困籠，且明顯營養不良。如此善良的小狗，當初怎麼有人忍心遺棄、甚至虐待？

這十一年來，聽聽雖然常因貪吃惹禍，但從未破壞家中任何物件（牠自己的公仔除外），也不吠叫擾人。在街上，對我們總是亦步亦趨，不虞走失；也不會主動挑釁別的狗，只不過不太受同類歡迎，常被欺負，才偶有數次還手打架而已。牠當年曾在行爲訓練班因壞脾氣而被踢出課室。但隨著年齡漸長，也愈來愈懂事，不僅脾氣收斂，對小貓小狗更是體貼溫柔。到了現在，牠大抵已算超額完成人世間的習作吧。

聽聽，巴拔、馬麻當年答應讓你以後做個心肝寶貝，不知我們做得可夠好？

如今，在你畢業的同時，我們也總算畢業了。

尾聲——因為麥子的顏色

二〇二一年三月七日，聰聰舉行了告別禮。

當時仍處於疫情限聚期間，故我們只邀請了幾位親友出席。然而，聰聰生前遇上太多疼愛牠的人，而牠更擁有一個臉書專頁，有過千位愛戴牠的「粉絲」。因此，我們選了兩張漂亮的照片，製成明信片寄給一眾朋友：一張是二〇一九年聖誕拍的：「戴琉璃冠冕，著毛毛披肩」，聰聰是我們俊俏善良的小王子；另一張是二〇二〇年二月拍的，當時疫情初起，巴拔馬麻每天帶聰聰上山散步，那幀照片把聰聰影得好像森林裡的仙子，十三歲半的聰聰，還像是嬰孩一樣。我把明信片攤滿一桌，希望在背面寫上具深意的句子。我詢問馬麻意見，她思索了一會，便在其中一張背後寫了一句，如今想來，確是神來之筆。

在聖修伯里《小王子》一書中，狐狸告訴小王子——馴養就是「建立關係」。

一個人被馴養後，大家就會彼此互相需要，成為彼此世界裡的獨一無二，生活將會充滿了陽光。對方的腳步聲，也會與其他腳步聲不再相同，就如小王子馴養了狐狸，所以他的腳步聲自此就像音樂，一響起便把狐狸從洞穴裡叫出來。

狐狸說，牠不吃麵包，麥子對牠毫無用處，但因小王子擁有金色的頭髮，以後只要牠看

尋回散步時光
——與金毛犬聰聰一起成長、漫步小城，直到老去！

見麥子的金黃色，聽見吹過麥田的風聲，也會不禁想念起小王子，那馴養自己的人。

從這個角度來說，不只是我們馴養了聰聰，聰聰也馴養了我們。

小王子離別狐狸時，眼見狐狸流淚，深感自責——

小王子就這樣馴養了狐狸。然而，離別的時刻終於逼近。

「啊！」狐狸說：「我會哭的。」

「都是你害的。」小王子說：「我一點也不想傷害你，可你偏偏要我馴養你。」

「是啊。」狐狸說。

「可是你會哭啊。」小王子說。

「是啊。」狐狸說。

「所以說你一無所得！」

「我已得到很多了。」狐狸說：「因為麥子的顏色。」

——麥子的顏色，不就是聰聰身上金黃的毛髮，和牠花了一生的氣力爲我們奔跑尋回的，那像金子般的回憶嗎？

這十一年，我們並非一無所得，相反，我們得到的實在太多。

在那張明信片的背後，馬麻寫下的是這句：

「想念小王子時，就仰望星空吧！」

尋回散步時光

——與金毛犬聰聰一起成長、漫步小城，直到老去！

作　　者——潘拔
照片提供——潘拔、Bambiland（封面、前後摺頁、內文 p.2, p.7 及 p.61，攝於彭福公園）
編　　輯——阿丁 Ding
設　　計——@freeflow.imagination
出　　版——格子盒作室 gezi workstation
郵寄地址：香港中環皇后大道 70 號卡佛大廈 1104 室
網上書店：gezistore.ecwid.com
臉書：www.facebook.com/gezibooks
IG：www.instagram.com/gezi_workstation
電郵：gezi.workstation@gmail.com
發　　行——一代匯集
聯絡地址：九龍旺角塘尾道 64 號龍駒企業大廈 10B&D 室
電話：2783-8102
傳真：2396-0050
承　　印——美雅印刷製本有限公司
出版日期——二〇二三年十月（初版）
國際書號——ISBN 978-988-75725-8-9